S'EN ALLER

S'EN ALLER

SOPHIE D'AUBREBY

éditions inculte

LA MER – 1924

J'ai un œil ciré bleu sur l'horizon,
l'autre raide et noir au bout du pied,
comme les vrais aventuriers.

Jocelyne Curtil

Elle prend une grande inspiration. La plus grande, la plus profonde possible. Une inspiration à s'en déchirer le diaphragme. Comme pour ériger un peu plus haut le rempart contre l'épuisement. Ravaler le sanglot qui monte.

Le sel lui rougit les yeux et la fatigue pèse sur ses mouvements. Elle s'essuie le nez d'un revers de manche. Trente nœuds. Le vent frappe fort partout où la peau s'offre. Elle se racle la gorge après avoir reniflé, en prenant soin de ne pas y mettre de voix. La salive et les glaires remontent le long de sa trachée. De sa bouche entrouverte s'élève un bruit liquide. Éboulis inversé. Un jaillissement visqueux. Crachés avec force, la salive et le mucus opaque s'étalent, s'aplatissent sur le sol glissant. Les autres s'affairent déjà autour des filets.

À mesure qu'elle approche de leurs dos épais, elle découvre à leurs pieds les harengs qui se débattent. Ils fouettent l'air, éperdus. Leurs queues minuscules reflètent la lumière grise et diffuse du ciel, que rien ne distingue de la mer. Les nuages, gorgés du soleil qu'ils cachent, obligent à plisser les paupières. Elle regarde les filets, les bouches qui s'ouvrent, rondes et agitées, les yeux qui se révulsent, les oiseaux qui s'y reflètent ; et se demande ce que ça fait, d'étouffer d'un trop-plein d'air.

Sur le pont, les filets sont pleins de ces lames argentées, secouées de spasmes. Elle bouscule l'un des dos en rejoignant le groupe, déjà occupé de toutes ses mains à alléger les poissons des colliers de tripes et des tissus mous qui pourraient précipiter leur décomposition. Deux facteurs altèrent la conservation des chairs mortes : les germes et la température. La température n'est pas un problème, on grelotte, les dents claquent, les muscles juste sous la peau s'actionnent sans cesse. Tout l'enjeu tient dans l'éviscération minutieuse et le nettoyage de la prise. Chaque doigt s'y applique. Le poisson doit rester consommable, c'est comme un mantra répété par tout l'équipage. Une fois au port la vente en dépend. Consommable, t'entends. Plus il se gâte, moins on est payé. On le lui dit, on le répète.

Tous, ils seront payés en fonction de la vente, peu importe l'effort, peu importe l'investissement de départ. Et bien entendu, peu importe le nombre d'heures à se faire fouetter le visage par le vent mouillé à plusieurs milles des côtes.

Si le poisson pourrit tout aura été vain, ils répètent, la peau, les traits tendus par les muscles en dessous. Quelque chose comme un vent mauvais trouble la surface des éléments habituels : paupières, sourcils et commissures se crispent, s'affaissent. Des cadavres mal vidés rejoignent parfois le tas. Les épidermes frémissent. Elle se dit qu'au prochain poisson mal ouvert ou mal vidé, un coup partira. Quelque part plongés dans les filets de chairs mourantes, des poings se serrent. Une tension plus ancienne qu'elle électrise le fil qui les lie et les anime. Un coup part, dont elle n'entend que le bruit. C'est le premier. Rapide. Soudain mais pas surprenant. Elle l'attendait. Le grognement de l'abdomen qu'il heurte. Le craquement de l'une ou l'autre phalange. L'attroupement d'accroupis se renverse à la manière d'un cercle de dominos. Les bousculants, les bousculés. L'adrénaline lui rend chaque son très précis, très audible. Les os qui craquent, les chairs qui encaissent. Les nez éclatés. Le sang qui gicle. Elle se redresse maladroitement, précipitée, guidée par la peur qui prend les commandes. La peur qui gaze ses réflexes, se répand comme une drogue dans le réseau de ses veines. Elle s'écarte, un pas en arrière, un deuxième, le sol est trempé, attention aux déchets, aux écailles, aux boyaux plus glissants que l'eau. Les bras volent, les jambes se soulèvent, ne pas se joindre à la mêlée, se faire petite, reculer encore, sans avoir l'air de se sauver, disparaître, se faire oublier, ne pas fermer les yeux. Faire attention. Elle n'a pas senti tout de suite le coude juste à côté lui entrer dans le flanc. En fait, elle n'a même rien senti du tout. Elle a vu la scène d'un peu plus haut. Elle au sol, et cet homme affalé sur elle, bousculé par un autre, le coude enfoncé dans ses côtes. Son bras à lui dans son abdomen à elle. Il veut se relever, il prend appui dans ses entrailles. Là, elle sent. Elle sent quelque chose céder à l'intérieur, un mouvement souterrain qui ne devrait pas exister. Elle entend quelque chose d'indistinct juste au-dessus de sa taille et sent immédiatement une douleur lancinante lui traverser le ventre.

Le temps qu'il se relève entièrement, les cris ont cessé de pleuvoir. On retourne s'asseoir autour des filets. On époussette son vêtement, on rajuste son bonnet. On se racle la gorge. Elle imite les gestes. On replonge les mains dans les chairs inertes. Une première blague fuse, elle ne comprend pas. Ça rigole tout autour. Un mauvais mot, un jeu, une normalité qui lui échappe. Elle ignore comment ça a commencé, comment ça s'est fini. Elle se tait. Toussote pour rire comme de concert avec ces silhouettes immenses et larges remplies de mystère.

Quand elle respire, une aiguille s'enfonce quelque part dans les profondeurs d'elle-même. Elle sent chacun des éléments qui la composent sans connaître les mots pour les nommer. Du dur. Du mou. Du tendu. De l'abîmé. Du sang répandu, dedans.

Elle ne l'a pas heurté trop violemment, avant l'emballement. À l'angle de la clavicule et du haut de l'humérus, elle a pris soin de bander tous les muscles qu'elle pouvait solliciter. Gainer l'épaule avant l'impact. Ne pas trahir sa fragilité. Le bruit sourd des os entourés de chair qui s'entrechoquent. L'indifférence qui suit. Celui qu'elle bouscule a embarqué en même temps qu'elle. Encore mineur, comme elle. Et comme elle, il lutte depuis trois jours contre la fatigue, contre l'embarcation qui tangue, contre l'odeur putride. Elle se doute qu'ils ressentent le même éventail d'émotions, d'afflictions physiques. Mais son agilité à ne rien laisser paraître l'oblige, elle aussi, à colmater les fissures. Retenir les premiers signes d'épuisement de suinter vers l'extérieur.

Elle ne le heurte pas trop fort, pour ne pas avoir l'air de le provoquer. Mais juste assez pour être crédible. Il s'agit de ne pas éviter délicatement son contact en passant à côté de lui. Comme une anguille, comme elle l'aurait fait dans n'importe quelle autre situation. Comme on apprend aux petites filles à le faire depuis la nuit des temps. Ne pas s'écarter de l'itinéraire. Ne pas se mettre spontanément de côté. Contrefaire leur assurance effrontée. Occuper l'espace. Marcher droit. Cogner ce qui doit l'être. C'est-à-dire : ce qui commet l'erreur d'entraver sa route. Se souvenir, surtout, de ne pas s'excuser après. Ne pas oublier où elle évolue, ni qui elle est désormais. Lutter contre ses réflexes est un travail continu. Déconstruire le corset de manières cousu à même sa peau et se fabriquer, en mimant ceux qui l'entourent, une attitude autre, masculine, requiert une attention constante. À chaque seconde renouvelée. De nouvelles postures toujours à se recoudre au corps. Voûter les épaules, le dos. Dissimuler sa poitrine, bandée sous la toile. Ne rien laisser paraître de la grâce spontanée, des manières intégrées depuis toujours. Il faut être bourru. Il faut avoir le pas lourd. La démarche sûre et virile. Au début, cette gestuelle nouvelle lui fait l'impression d'une danse. Une chorégraphie neuve et inconnue qu'il faut mémoriser et répéter, et répéter encore. Jusqu'à ce qu'elle lui coule par les membres le plus naturellement du monde. Ne pas ménager ses bras ni ses jambes. Les déployer loin de leurs points d'attache. Occuper l'espace. Le ciel. Frapper le sol. Marcher fort, le talon le premier, peser de tout son poids sur le pont. Le sentir vibrer sous ses pieds. Laisser le cal pousser sur ses mains, autrement fines et délicates. Bouleverser l'aspect général des doigts en éradiquant les ongles. Taillés ras, tout de suite les doigts semblent plus petits, plus larges. Carrés. Le froid, le sel et le travail manuel se chargent du reste. Les blessures sur la peau laissent des marques roses, mauves. Rouges quand le sel ronge. S'ajoutent les cuticules qui poussent le long des lunules blanches, jusqu'à les recouvrir entièrement, qui sèchent et se fendillent. Sur lesquelles on tire machinalement, qu'on arrache, qui saignent. Le sel qui mord la plaie ensuite. La peau qui s'épaissit tout autour de la paume, particulièrement sous les deux derniers doigts de chaque main. De blessée, elle devient calleuse. Une implacable corne recouvre les ampoules à vif. La peau épaisse est jaune et translucide, à travers elle on ne sent rien.

Son âge et son inexpérience ne lui autorisent qu'une seule place au sein de l'équipage. Celle qu'on accepte par nécessité, dont personne ne voudrait. Elle s'avance jusqu'aux mousses et s'accroupit en silence avec eux. Si près du sol le remous est moins vif, l'équilibre plus facile à maintenir. Les mots résonnent haut, les voix s'apostrophent. Elle écoute attentivement les invectives qui fusent et se répondent, découvrant une langue aux contours familiers et pourtant radicalement nouvelle. Tout est à réapprendre : le verbe et la manière de le tenir en bouche. Un langage dans le langage, qui se dévoile à mesure que la terre s'éloigne et que les filets puisent et se servent dans l'eau glacée. Tout en habituant son oreille aux nouvelles sonorités, elle entaille sans les regarder les petits corps écaillés. Le manche serré dans la paume, la lame s'enfonce dans le sens de la longueur. Puis elle plonge les doigts dans la fente, chaque fois surprise de l'agilité avec laquelle ils extraient viscères et organes des flancs qu'ils fouillent. Une fois le petit sac d'entrelacs sorti, l'index et le majeur replongent à une extrémité de l'entaille, grise dehors et rouge dedans, et raclent l'intérieur à la recherche des dernières poches de sang qui s'y accrochent. Le sang qui noircit ses cuticules, sèche sous ses ongles. Dix parenthèses brunes ponctuent ses mains malgré l'eau, malgré le savon. Il macule l'extrémité de ses manches, imprègne ses narines. Les premières minutes le dilemme est insupportable, qui la fait hésiter entre inspirer par le nez ou la bouche. Supporter le relent putride de la chair morte ou le goût du sang, qui épaissit l'air qu'on respire de minuscules particules portées par le vent. Puis, comme n'importe quelle odeur, le cerveau s'y adapte et elle cesse de la sentir. La respiration nasale peut reprendre, le dilemme disparaît. Elle pince les lèvres et répète mécaniquement les gestes qui allègent et nettoient le poisson. Avant ça, la vie se résumait à l'odeur du linge propre.

Après l'effondrement, les gens s'étaient mis à parler entre eux. Jamais en sa présence. Le contenu lui parvenait de loin en loin, par inadvertance et par bribes. Les dîners au cours desquels elle surprenait des regards prolongés, convaincus d'être discrets, se multipliaient. Ils lui brûlaient la peau. On la marquait au fer rouge du jugement. Elle rentrait le soir avec au ventre une solitude plus lourde que toutes celles d'avant. C'était ces dîners, ces regards, ces amorces de phrases qui contenaient en eux le germe de la fuite. S'extraire de la gangue où les ragots suintent et se racontent en s'accroupissant dans un coin s'était mué en nécessité. Accumuler les kilomètres, dérouler le sol et le dérouler encore. Jusqu'à quitter la terre.

Elle ne s'était pas posé la question de la vie des autres. S'enfuir avait été l'unique moteur, le seul projet.

Elle dort bien, bercée par le roulis des vagues. Elle dort enfin. Son corps ne lui laisse plus le choix. Même la douleur se plie à la nuit. Si la mer et son mouvement perpétuel ne s'en chargeaient pas, le harassement qui clôt chaque journée suffirait à l'assommer pour la poignée d'heures qui la séparent de l'aube. Paradoxalement, se trouver loin du connu et du confort la repose. Chaque nuit passée sur le bateau allège de quelques heures le déficit de sommeil qui se creusait jusque-là. Elle découvre – c'est la première fois – l'avantage de la fatigue. Chaque soir, allongeant son corps de plomb, elle le regarde sombrer de plus en plus profond dans l'eau du sommeil. Chaque signe annonciateur lui dessine un sourire. Le soubresaut des muscles qui se décrispent entraîne à sa suite une onde de ce qui ressemble au bonheur. Peut-être du soulagement. Une détente qui serait chaude et douce, arrivant par vagues. Le jour, une excitation calme grandit à mesure que le temps qui l'éloigne de la nuit s'amenuise. Pour la première fois, le sommeil a un sens. Il vient et caresse les membres tétanisés par l'effort. Il réchauffe la peau frigorifiée. Il soigne les coupures que l'air salé rappelle sans cesse. Emmaillotée dans la satisfaction d'une journée remplie de gestes et de rafales, abrutie de fatigue, elle s'abandonne à l'inertie lourde qui rend muets ses voisins de cale. Autour d'elle, l'odeur caractéristique des corps livrés à l'effort et privés d'hygiène. L'air, respiré et re-respiré, charrie l'humidité de la mer et celle de la sueur qui s'évapore des corps endormis. Épuisée, elle se fond dans la masse engourdie, s'effondre comme tous les autres et rejoint l'armée de sarcophages inanimés. Peut-être aussi qu'elle ronfle, comme eux, une fois engloutie par le sommeil. Pendant ces nuits-là, la fatigue ne laisse aucune place aux rêves. L'obscurité reste sourde aux percées de l'inconscient. Les rêves reprendront plus tard, peut-être. Quand elle aura quitté la mer, les filets à relever. Quand il faudra à nouveau se purger le crâne à l'issue d'une journée.

La vie ici ne laisse pas de place aux digressions mentales. Il y a les choses à faire, qu'il faut accomplir en conscience. On pense aux tâches. On pense à l'ordre. On s'occupe des cordages. On dispose les filets. On cherche l'angle de l'entaille à réaliser avant d'éventrer les harengs. On prend soin de tenir fermement le manche avant l'incision, de tenir fermement la rampe avant de disparaître dans les entrailles du bateau. La moindre erreur, ici, peut être fatale.

Elle s'éveille entre les miaulements que pousse la mer contre les parois du bateau et les raclements de gorge. Elle n'ouvre pas immédiatement les yeux. Il lui faut quelques secondes pour se rassembler, faire corps avec l'histoire. Où. Depuis quand. Et qui est-elle exactement. Elle reprend la pièce jouée la veille là où elle l'a laissée en s'endormant. Les événements marquants, les reproches du capitaine, les mesquineries et les rivalités qui traversent l'équipage. Son passé est circonscrit au rôle qu'elle tient sur l'eau. Il a la lourdeur d'une feuille de journal. L'épaisseur d'une quinzaine de journées. Chaque jour écoulé serait un jour de moins, s'était-elle dit avant de partir. Depuis petite, depuis que le temps a une substance, grandir l'obsède. Il lui semble qu'à mesure qu'il s'épaissit, la vérité des choses se fixe. Que le sable qui s'égrène en lime les angles, les rend moins coupantes. Elle se raconte qu'adulte, elle discernera la logique derrière les mots, les gestes, derrière les regards qui la prennent à la gorge. Elle se dit : quand je serai grande. Elle ignore qu'on se complexifie avec le temps, que seul le doute grandit. Qu'on est seul et qu'on le reste. Pas un instant il ne lui vient à l'esprit qu'elle pourrait mourir prématurément, qu'elle prend un risque. Que les jours pourraient être faits d'une matière rare, dans laquelle puiser avec parcimonie. Ce n'est pas l'urgence de vivre qui l'a amenée ici. C'est la lassitude insolente de la jeunesse.

Dans leur langue, ils l'appellent le garçon, le gamin. Sans doute l'enfance est-elle la seule explication qu'ils trouvent à son côté frêle. Qui penserait à soupçonner une femme derrière ce corps de lignes et de creux ? Ça la rassure de les savoir si loin du compte, c'est sa petite victoire quotidienne, son sourire en coin. Elle refrène un filet de voix au milieu de son bâillement, pour ne pas trahir son timbre. Encore un réflexe appris, qu'elle force. Comme elle se force à laisser couler les éternuements jusqu'à sa manche : la morve, les glaires, les larmes, la salive, tout sort et tout finit dans le creux du vêtement. Au niveau du coude. Juste un peu plus haut que les giclures de poisson et de sang qui le maculent aux poignets. Elle crache, aussi, quand les autres crachent. Faisant de sa salive et de ses glaires l'écho des leurs. Elle trouve du réconfort aux coups qui pleuvent et qu'elle apprend, comme le reste. Aux coups palpables, visibles, immédiats. Francs. Aux différends qui se règlent. Une violence facile à lire et à comprendre.

Dehors, la mer est calme encore. Comme elle sait l'être aux petites heures. Presque lisse. Presque lac. Claire. Des bulles pâles et gazeuses la parsèment, qui avancent lentement. De battement en battement. Qui s'ouvrent et se referment comme des cheveux dans le courant. Les méduses dans cette mer ne piquent pas, se souvient-elle. L'espace d'une seconde, elle se voit sauter. Petite, elle plongeait au milieu d'elles sans hésiter, ses mouvements plus rapides que les leurs, leurs organismes gluants contre sa peau. C'était l'été, sur le voilier de sa mère. L'espace d'un instant, les deux bateaux voguent sur les mêmes eaux et deux saisons se chevauchent, à une décennie de distance. Elle plonge les mains dans l'argile de son enfance. Puis la cloche retentit, qui annonce la distribution matinale. Elle s'insère dans le flot humain, malodorant, qui se forme aussitôt et s'enfonce dans le ventre métallique où l'on sert le café, chaque jour plus dilué que le précédent. La journée vient de commencer.

Elle l'avait rencontré chez un ami de son père. Ce matin-là, il lui avait demandé si elle était disponible pour l'accompagner dîner. Ce serait chez l'ami de longue date, celui dont le visage était gravé, depuis toujours, dans son entourage immédiat.

– Un dîner en petit comité, ça lui ferait plaisir que tu sois là.

Une proposition affectueuse, ordinaire. Presque polie ou machinale. Le territoire connu, la silhouette familière.

– Oui, bien sûr, elle avait accepté. Un large sourire avait disjoint le visage de son père, il avait acquiescé à son tour.

– Très bien. Il avait ajouté : on quittera la maison pour dix-neuf heures. Comme pour conclure un marché.

Des mois plus tard elle songerait au sourire entendu, au ton employé. Elle se dirait : j'aurais pu m'en douter.

À bord, l'âge des membres de l'équipage tangue entre quinze et soixante ans. Avant ça on n'est pas efficace. Après ça on meurt. Elle en aura bientôt vingt, mais elle porte dans leurs yeux quelques années de plus.

Une ligne de faille se dessine entre les deux générations aux extrêmes de la ligne du temps. Comme une rupture dans la coque et les usages. D'un côté il y a ceux que l'eau a vu naître et lui sacrifier leur vie, en partie derrière eux. Ils sont vieux, anciens. On a du mal à les comprendre. À cause de la langue, mais pas seulement. Elle saisit plusieurs fois dans leurs phrases le mot : *corporation. Corps-poration.* L'histoire qu'ils racontent parle de pêcheurs de pères en fils. Et de filles, femmes, puis mères de pêcheurs de mères en filles. De rentrées maigres mais stables. Suffisantes. Ils disent qu'avant, personne n'aurait songé à les indexer sur la proportion de poisson pêché, puis vendu. Les revenus, racontent-ils, n'importaient pas tellement puisque la vie tout entière ne tournait pas encore autour de cette notion. La solidarité régissait les villages et organisait entre eux les différents métiers. Oui, il y avait des conflits. Du mépris. Des hiérarchies tacites. Mais tout le monde mangeait ! On n'aurait laissé personne s'affamer par manque de ventes. Leurs bouches égrènent ce genre de considérations, les rares fois où ils n'y fourrent pas tout simplement du tabac. Ils racontent ça en économisant les mots, parce qu'au motif d'apprendre la pêche, ils ont sacrifié l'usage de la parole. On leur a appris à écouter, à regarder, à savoir d'où vient le vent et à deviner où le poisson attend. Pas à parler. Alors quand ils racontent cette époque, dans laquelle ils sont nés et qu'ils ont vue mourir avant d'être vieux, ils le font en comptant les mots, et les silences aussi. Le regard perdu quelque part dans l'histoire derrière eux.

Puis il y a ceux qu'on surnomme les Britons. Ce sont ceux qui, dix ans plus tôt, ont senti le vent tourner et mis le cap vers l'Angleterre, juste avant la guerre. Ça avait amputé la pêche marchande de la moitié de sa flotte, puis les bombardements, les raids avaient fait le reste. Ils étaient revenus des côtes anglaises avec d'autres usages et l'accent suranné que n'importe quel exil laisse sur les lèvres. Ils utilisaient un vocabulaire usé, des expressions parfois désuètes. La langue qu'ils parlaient était restée figée au temps d'avant l'exil. Rouillée. On les reconnaissait vite : ils passaient plus facilement du verbe au poing que les autres. Un truc ramené de Milford Haven. On se portait mieux sans leur parler.

Enfin, il y avait ceux qu'on appelait les rouges. Ils étaient peu nombreux mais ils parlaient plus et plus fort que la moyenne à bord. Ils criaient. Ça l'avait surprise au début. À leur contact, elle s'était rendu compte qu'elle avait grandi où on police son langage, où le ton reste égal. Où le propos est rarement politique.

Trois voix trop différentes pour ne pas écarteler l'équipage autour d'elles. Ça avait donc commencé comme ça. Par des conciliabules suivis de cris, parfois de coups. Les conciliabules ne la concernaient jamais, elle était trop réservée pour qu'on ait envie de l'y intégrer. Ils se déroulaient dans son sillage, néanmoins. Elle les observait. Elle voyait au sein du groupe se dessiner deux types de réactions, qui s'excluaient l'une l'autre : ceux qui hochaient la tête et ceux qui la détournaient en sifflant. Alors seulement montaient les cris, portés haut par ceux qui avaient opiné du chef un peu plus tôt. Et la harangue. Elle les écoutait, médusée par leur aisance oratoire. Contre toute attente, leurs appels résonnaient, se répandaient en ondes dans l'équipage. Ils utilisaient des mots que la nécessité faisait sonner comme il fallait. Même pour elle qui n'en avait pas besoin.

Contrairement à eux, elle n'était pas montée sur ce bateau pour faire fortune. Ni même pour gagner sa vie. Ils n'avaient pas cette contrainte en commun. Pourtant, leurs plaidoyers pour une rémunération juste résonnaient en elle avec l'évidence des vérités simples. Les rouges avaient, pour certains, aussi connu le déracinement de l'exode pendant la guerre. Mais à la différence des Britons, ils n'en étaient pas revenus qu'avec la manie de la bagarre ou la blessure de l'exil. Ils étaient rentrés riches. D'idées neuves, de discours révolutionnaires, de revendications radicales. Riches du syndicalisme des ports anglais. Ils avaient vu des marins, des dockers, des pêcheurs et des vendeurs à la criée avancer main dans la main pour cesser de n'être qu'un rouage dans la machine. Ils avaient goûté à cette dignité-là, et pour ne pas l'oublier, pour continuer à la faire vivre sur des eaux différentes, sur les rives d'un autre pays, ils la racontaient. Ils en décrivaient les bienfaits avec application aux camarades moins renseignés. À longueur de journée, ils expliquaient à qui voulait l'entendre que la vie pouvait être différente. Qu'elle pouvait ne pas se résumer à s'user dans les cales d'un bateau juste parce que l'alimentation des uns exigeait que d'autres s'épuisent à la pêcher. Qu'il n'y avait rien de normal ni d'inéluctable dans la précarité qui rongeait leur vie du ventre à la tombe. Ils expliquaient qu'ensemble, ils avaient une force aussi grande que ceux d'en face, qu'alors rien ne les obligerait plus à tout accepter sans jamais négocier. Trois ans que la grève est officiellement un droit dans le pays, ils disaient. Mais les textes n'ont sans doute pas appris à nager. En face, on ricanait, on répondait : chimères.

Ils étaient arrivés à l'heure, la nuit était déjà tombée. Quelques minutes tout au plus s'étaient écoulées quand deux mains la saisirent doucement par les épaules. La question lui parvint dans le dos: vous a-t-on présentés? Suivie d'une légère pression sur l'épaule gauche, qui la fit pivoter à quatre-vingt-dix degrés.

Ses cheveux sont châtains, coiffés en arrière. Deux pommettes saillantes et osseuses tendent son visage de part et d'autre de la naissance du nez. La peau de ses joues creuses, rendue grise par une barbe drue et rasée de près, est fine. Une peau d'enfant sur un visage d'homme. Elle secoue la tête. Non, on ne les a pas présentés. Chacun intégré à des conversations distinctes, ils se font face sans se parler, séparés par un barrage de corps. Son regard finit par rencontrer le sien. Un regard qui semble se dire c'est donc elle. Un regard au jus, au parfum, qu'on a mis dans la confidence. Un regard qui sait déjà.

Le dîner s'est déroulé d'œillade en œillade, sans échanger un mot de plus que les politesses d'usage. Elle croisait ses pupilles noires sans s'y attendre, attrapée par elles au vol, surprise dans ses errances. L'entente, qui semblait générale autour de leur rencontre, lui avait logé un caillou de trac dans le ventre face à la performance qu'on semblait attendre. Ça l'avait rendue timide. Actrice malgré elle d'une pièce dont elle ne connaît pas les répliques.

Son manteau sur les épaules, sur le point de franchir le seuil pour rejoindre son père à l'extérieur, il effleure son coude.

– J'aimerais vous revoir, accepteriez-vous ?

Elle avait soutenu son regard et acquiescé sans un mot. Sans être sûre.

Ils s'étaient revus.

On lui avait dit de lui qu'il était conforme et désirable. Un bon parti, une opportunité à saisir. Parfois elle croyait deviner : une chance qui ne se représenterait pas. On en avait fait un mythe. C'est comme ça qu'elle avait fait son premier pas sur ce chemin-là. Balisé, évident. Étriqué.

Elle a grandi dans des draps propres. Depuis son premier souffle, de petites mains ont rempli son assiette à sa faim. Alors forcément, de leurs bouches à sa conscience, ce dont il est question reste abstrait. La misère est théorique. Elle a déjà derrière elle son lot de drames, bien sûr. Mais des drames intimes, que peu de choses auraient laissé présager. Rien de déterminé par la chambre dans laquelle elle est née. Ni par des conditions de vie arides. Elle découvre au milieu de ce microcosme de métal et de rouille la houle, la fièvre et le tourment qui l'entourent de juste assez loin pour qu'elle en ait été préservée jusque-là. Elle fait pourtant de son mieux pour comprendre. Elle tente de composer, élément par élément, détail après détail, le tableau dont ils parlent. Elle imagine, suppose, devine. Elle met des formes, des odeurs, des ombres et des dos tordus sur la feuille blanche de ces vies étrangères à la sienne. Elle écoute. Elle y met toute la vigueur que le travail ne brûle pas. Et ça finit par prendre. Chaque jour, elle se sent un peu plus concernée par ce qu'elle entend. Plus son épuisement croît et mieux elle comprend de quoi on parle, ce qui est réellement en jeu au-delà des mots et des effets de langue. Elle sent bien qu'elle ne survivrait pas à une vie à ce rythme-là. Elle sent bien que leur corps d'homme ne les protège en rien de l'usure, de la brûlure du sel, des journées qui débordent sur le soir ou qui grignotent l'aube. Des vertèbres tassées. Elle sent confusément que rien ni personne ne résiste à ce genre de labeur. Il ne lui a pas fallu plus de quelques jours pour en sentir le poids sur ses os pourtant jeunes et sans carence. Elle est sportive. Elle a cette chance-là. Alors elle sait bien que la fatigue qu'elle ressent n'est pas compatible avec la charge normale que l'homme est fait pour supporter au cours d'une vie. Leur discours, qu'elle n'a parfois que la force d'entendre distraitement, doucement infuse. Pas qu'elle se laisse convaincre, non. Simplement, le bon sens s'impose. Celle qui s'était effacée et réinventée pour oublier une révolte s'en découvre peu à peu une autre. Plus grande, plus urgente. Tout à coup, leur lutte devient la sienne. Elle n'en peut plus de les voir grimacer en remontant les filets. Elle a mal tout le temps, dans son corps et dans les leurs.

Les jardins de l'abbaye sont piqués de buissons minutieusement taillés. Une boule tous les mètres, comme une couture le long des allées. Elle ne les voit pas. Ils ponctuent silencieusement ses pas, étroitement accrochée à Mona. Ainsi reliés, les maillons de leurs bras forment une chaîne. Il n'y a qu'à elle qu'elle peut en parler, alors elle essaie. Tandis qu'elles empruntent l'un des escaliers du parc, un *Ave Maria* s'échappe par les pierres de l'abbaye, en contrebas. Elle tente de mettre en mots ce qui lui pèse dans la poitrine. Mona écoute. Elle ne répond pas. Aujourd'hui, leurs mots ne se comprennent pas. Ça la surprend, c'est la première fois.

Pourtant, elle est l'amie, la confidente, née la même année, dans le même quartier. Leurs souvenirs d'enfance ont les mêmes rues pour décor, la même école pour énoncé. Elles faisaient partie de la même poignée de privilégiées, mais entre toutes c'est elle qu'elle avait choisie. Sa mère était morte, et elle avait rencontré Mona. Comme s'il fallait un grand rien pour recommencer un tout. Morte pendant la Grande Guerre, emportée par la grippe espagnole comme des milliers d'autres. À la maison, à quelques mois de l'armistice. Un peu avant ses douze ans.

Il y a des deuils dont on voudrait ne jamais se remettre, pour pouvoir ne jamais s'habituer vraiment à la perte.

Le deuil de sa mère était de ceux-là. Survenu trop tard dans sa vie pour que la normalité s'en accommode entièrement. Trop tôt néanmoins pour lui permettre d'accepter comme les adultes acceptent, disparition après disparition, la mort comme une composante parmi d'autres de ce qu'ils nomment la vie. Sa réalité s'était réaménagée en creux, autour d'un vide que faisaient mentir toutes ses sensations. Ce vide lui semblait plein. Rempli. Dense. Saturé d'absence. Aussi lourd que le plomb. Un vide sans air, au fond duquel elle suffoquait, qu'elle portait à bout de bras, au ras du sol, quand Mona était apparue. À quatre mains plutôt qu'aux deux seules siennes, la perte lui avait semblé moins lourde. L'anfractuosité s'était peu à peu résorbée, ou au moins adoucie. Elles s'étaient reconnues et immédiatement arrimées l'une à l'autre. Jamais à plus de quelques rues de distance, toujours au sein de la même ville, des mêmes artères délimitantes.

Chaque matin, elles s'échangent à l'école les quelques lignes de mots qu'elles n'ont pas eu le temps de se chuchoter la veille. Les choses qu'elles ont pensées, puis consciencieusement retranscrites après s'être quittées, que la nuit ne doit pas emporter. Tous les jours le même rituel. Les mains s'ouvrent sur les feuilles couvertes de lettres parfaites, tracées à l'encre bleue et plusieurs fois pliées. Le papier humidifié par les paumes, et les paumes bleuies par l'encre.

À l'heure de rentrer, emprunter ensemble un morceau de la grande avenue en longeant les vitrines. Refaire la journée, le monde. Remonter la petite rue perpendiculaire pour l'une, descendre celle qui lui fait face pour l'autre. Puis, à nouveau, écrire ce qu'on n'a pas pu dire pour le lendemain. Et cela dure, de douze à dix-neuf ans. L'adolescence a de commun avec l'enfance qu'elle ne s'épuise pas de ses répétitions.

Ce matin, elles longent un bassin couleur bouteille. Cinq nénuphars y flottent. Elles marchent en siamoises, mais un grand trou les sépare. À leurs pieds, la surface de l'étang s'étire imperturbable, sauf aux endroits où des tortues la percent. Seules leurs têtes dépassent, trois crânes reptiliens fendus de traits rouges à hauteur des yeux.

– Tu sais qu'elles sont presque aveugles ?
– Non, je ne savais pas.

Elle trouve à son inconfort des contours flous, une substance que rien n'explique. En essayant de décrire l'indéfinissable, elle voudrait libérer suffisamment d'espace en elle pour qu'une ossature se dégage. Pour que Mona comprenne. Mais Mona ne répond rien, Mona ne comprend pas. Les tortues, indifférentes, s'enfoncent dans la noirceur de l'eau. Plus rien ne semble vivre dans le bassin.

Par ses questions, par les réponses qu'il attend d'elle, il lui dessine un rôle nouveau. Sans intérêt la plupart du temps mais proposé avec tant d'évidence qu'elle l'embrasse sans opposer de résistance. Pour lui donner sa consistance, il fait d'elle sa conseillère, son experte. Il l'interroge sur les couleurs, sur les matières, demandant ici la confirmation que ce bleu lui correspond, vérifiant là que ce chapeau est le bon. Elle répond parce qu'elle est polie. Parce qu'on ne lui a pas appris à garder son souffle pour les choses qui importent. Elle ne sait pas qu'elle en a le droit. Elle ne sait même pas ce qui l'intéresse. Elle obéit, d'une certaine manière. Même si aucun ordre, jamais, n'est formulé. Ainsi l'entretient-il de sujets quelconques, légers. Déguisant l'absolue banalité du domestique en dilemme de la plus haute importance. Ainsi lui instille-t-il dans le crâne des pensées, des réflexions, des considérations qui lui étaient étrangères.

Elle le regarde la prendre par les épaules, enfoncer ses doigts dans la peau tendre de ses clavicules et l'asseoir en appuyant dans le moule de l'épouse. Elle le laisse faire. Les choses vont vite, elles se répètent, elle n'a pas le temps de penser, de prendre conscience, d'en concevoir une opinion. Elle répond, et ça devient une habitude.

Les sujets sont variés, mais c'est toujours à lui qu'ils se rattachent – d'elle il ne sait rien. Il n'aime pas voyager, qu'elle se le dise. Il faut dire qu'il y a tant à voir ici. Et il n'aime le vin que blanc, le rouge lui reste sur l'estomac. Il aime beaucoup chasser. Un sport de précision, la chasse. Sait-elle tirer, d'ailleurs ? Ah non, vraiment ? Il lui montrera. Quoiqu'en y réfléchissant, elle risquerait de se blesser. Elle viendra regarder, ce sera déjà ça. Ça apprend la vie, de voir une bête mourir. Elle s'accommode de ce qu'il dit. Elle manque de temps pour s'imposer. Et d'expérience aussi. On ne lui a pas appris.

Il dit ma petite épouse et elle sent qu'il faut que ça lui plaise. De la répétition du mot naît un rôle, une dialectique. Il veut connaître son amie et elle la lui présente. Ils se promènent souvent à trois. Il mène la discussion, il n'en manque jamais – ni d'idées ni de questions ; elles répondent. Il les fait rire. Auprès de lui la liberté paraît plus grande. Ils sortent, ils campent, ils partent. On s'amuse. En avril, ils déambulent entre les rouges, les carmins, le bordeaux des érables du Japon. Dans la soie vierge et le lin des platanes aux portes de l'automne. Entre les branches nues et noircies par le gel des avenues l'hiver. Trop jeunes pour se douter que le bonheur est courbe. Qu'il se vit par sinuosités, non par lignes horizontales et continues. Qu'un sommet annonce une descente.

Elle écoute avec attention les récits que les exilés ont ramenés d'Angleterre. Des mots qu'ils choisissent et des intonations qu'ils prennent naît à bord l'utopie néo-zélandaise. Le syndicalisme britannique s'était plutôt bien exporté dans les dominions et les colonies. On y voyait, paraît-il, des travailleurs profiter dorénavant d'une part décente du gâteau capitaliste. Une part d'autant plus correcte que la terre sur laquelle avait poussé l'utopie était vierge. On n'impose pas un nouveau modèle de la même manière sur une feuille blanchie au chlore que dans une société profondément habitée par d'immémoriaux systèmes de domination. Pour la première fois, on parle de femmes. Sans utiliser les mots du manque ou de la grivoiserie, mais pour s'étonner de les savoir actives sur un autre continent. Les uns – les vieux – n'y voient que les signes avant-coureurs d'une apocalypse imminente. Les rouges s'en font une toile pour mieux projeter leurs fantasmes de femmes à tout faire : travailleuses, mères, citoyennes, et certainement un peu putains aussi sur les bords. Elle découvre chacun de ces territoires, noirs et inconnus, au fur et à mesure qu'ils ajoutent du détail à l'image. Mais aussi, elle découvre la possibilité d'être autre chose que ce qu'elle a connu et observé jusqu'ici. Elle envisage pour la première fois une issue à l'infini de la mer. Une rive de l'autre côté qui ne soit pas la sienne. Qui ne soit pas européenne, ni africaine. Une rive rouge et neuve comme la Nouvelle-Zélande. Qui ne soit pas une rive de départ, mais bien d'arrivée. Le planisphère appris à l'école s'anime, se gonfle de relief et de désir à mesure que ces hommes qui ont traversé la Manche lui font le récit du syndicalisme britannique, augmenté par l'entreprise coloniale.

Ils ne parlent pas seulement de femmes qui seraient autre chose qu'une monnaie d'échange corvéable à merci. Ils parlent aussi de vieillards qui ne meurent pas d'épuisement. De corps qui, pour la seule raison de leur âge et de leurs efforts, reçoivent de l'argent. Pas pour travailler. Juste pour vivre en attendant la mort. Là aussi, elle écoute. Elle découvre. Elle comprend que loin de chez elle, on meurt du travail avant de mourir de vieillesse. Pension, indemnités. Mots nouveaux et inédits. Elle découvre la notion de caisses de solidarité, entend pour la première fois parler de revenus sous un autre angle que celui de la protection à tout prix. Celui de la mise en commun. Le paradis prolétaire que les rouges vendent à l'équipage cette semaine-là prépare le terrain pour leur vraie revendication. Celle qui éclate un matin sur le bateau et préfigure ce qui s'appliquera à toute la flotte marchande un peu plus tard. Qu'il importe donc de faire germer dans les têtes, dès à présent. On parle de structurer la profession, d'en conditionner l'accès. On parle de mériter son titre. D'un cursus, d'une école, des savoirs nécessaires. Certains les ont, d'autres pas. Du haut de son éducation bourgeoise, elle sent la hiérarchie terrestre se fracturer à chaque nouvelle vague qui frappe la coque. Puis la regarde, impuissante, s'inverser au large des côtes. Les hommes qui ne sont passés par aucune des bonnes classes paniquent soudain. Voyant leur fragile condition à bord sur le point de s'amaigrir encore. Des non, des attendez fusent, sous forme de cris inquiets, presque aigus, qui appartiennent autant qu'ils échappent à la poignée d'individus que l'on s'apprête à déclasser.

On sent la révolte sourdre. Les gestes se précipitent. L'air de la cale empeste et s'échauffe à mesure que la contestation monte. Des pieds s'abattent sur le plancher de concert. Des poings se lèvent. Règne une rumeur de métal et de bois. Ça fait un bruit de tiroir à couverts. Le groupe se fissure, ils ne sont plus pêcheurs unanimement. Leur passé envahit ce bateau et les sépare puis les regroupe, selon le pedigree, selon qui est passé par l'une des classes ou pas. Ces écoles obscures, confidentielles, qui se comptent encore sur les doigts d'une main, que seuls quelques-uns probablement connaissent et ont fréquentées. Elle se laisse porter par les flux qui se créent et les divisent. Poussée vers le groupe, avec d'autres membres contraints, de ceux qui n'en sont pas. Inclassable parmi les déclassés, du côté de ceux qu'on n'envie pas. Le reste va très vite, le huis clos s'y prête. Un sursaut de nuit relève les paupières : les pupilles sont rondes, avec une drôle de lueur au fond. Maintenant que l'équipage est classé, séparé, les marins s'emballent, chauffés par la harangue rouge. Sous les peaux, les os se meuvent, les muscles se tendent. L'air manque et la peine, jusqu'ici pour tous la même, crispe maintenant certaines bouches plus que d'autres. Elle se loge dans les coins jusqu'à les faire céder. Les tissus se gorgent de sang, chaque fibre se raidit. La crainte d'un nouvel éclat de violence se fait jour au fond de son ventre. La douleur dans son flanc lui fait contracter l'abdomen. Pour protéger. Pour parer le coup. Mais les bras pointent vers le ciel, pas vers ses côtes. Une nouvelle organisation se dessine dans le brouillon d'une armée de poings levés. La nouvelle hiérarchie est votée.

On adopte le prélèvement sur leur maigre salaire de ce qui valorisera le pedigree des autres. Les visages se défont à l'annonce de la décision. Des mines s'assombrissent tandis que des mains qui ne leur appartiennent pas se rencontrent et se frappent pour applaudir la proposition. Ce n'est plus une attitude qu'elle doit contrefaire, mais une émotion qu'il faut composer. Elle observe les masques qui l'entourent, écoute attentivement le timbre des voix qui gagne en puissance à mesure qu'il tombe dans les graves. Elle prend part au cri de révolte qui sort des gueules cassées qu'on saigne un peu plus fort, elle lève le poing, elle tape du pied. Celle qui observait, intérieurement distante, quelques instants plus tôt se surprend à éructer en écho les jurons, les insultes que les membres de ce qui sera désormais son camp prononcent. Elle se surprend à y croire. Elle s'entend crier, sans se forcer. Tout à coup la révolte est là, dans l'estomac. Le groupe vient de coloniser ses derniers retranchements. Quelque chose cède face à un tout qui la dépasse, la gouverne. Dans lequel elle se fond presque malgré elle.

Les rouges énoncent la liste des nouvelles prérogatives. Aux non-certifiés les non-tâches. La décision est accueillie par la clameur du groupe opposé, que l'on soulage des corvées. Ménage, cantine, salage pour les uns. Pêche, grand air et nettoyage du butin pour les autres. Mais le garçon a de petites mains, des doigts longs et fins. On les pointe et on lui dit : toi, tu videras aussi la caqûre. Le ton utilisé ne laisse pas le choix. Elle acquiesce en fixant le sol, sans un regard vers ses camarades d'infortune qu'elle a l'impression, en accédant à une tâche réservée aux autres, de trahir. Ses doigts de femme lui confèrent l'inconfort ultime d'avoir un pied dans chaque rang de cette nouvelle hiérarchie, de ne faire réellement partie d'aucun. Non contents de faire couler par ses mains le sang des harengs, ils la chargent désormais aussi d'en imbiber une vieille serpillière avant de l'essorer dans un seau. Le niveau du mélange noirâtre de sang, d'eau de mer, de crasse et de graisse pour seul indicateur de succès. Elle travaillait assise et voûtée, la voilà à quatre pattes la moitié du temps. Aux lombaires cuisantes, à l'ecchymose dans son ventre s'ajoute la douleur des poignets, des épaules qui ploient sous le poids de son torse. Celle des genoux, qui se colorent de bleu, de vert et de jaune à mesure que le sol s'imprime sur ses rotules. Celle de son cou, qui craque quand elle le tord pour répondre aux hommes debout, quand ils lui parlent. Elle s'était dit que la mer la rapprocherait du ciel. Elle fusionne avec le sol.

Elle l'avait appris bêtement. Une indiscrétion. Une phrase interrompue juste un peu trop tard. Sujet, verbe, complément, pardon... tu n'étais peut-être pas au courant. Très vite suivie d'une main pleine de commisération sur le haut du bras et d'une caresse dans le dos. Elle avait forcé hors de sa bouche un petit rire amusé tentant de renverser les rôles. Tentant de dire ne me dis pas que tu crois ce que tu dis ? Mais le rire, à peine conçu, tout juste issu d'une contraction dans le ventre, s'était coincé dans la gorge. Il s'était changé en nœud. Sur son visage, elle étira tant bien que mal un sourire, épinglant chaque extrémité de sa bouche au milieu d'une joue. Une heure entière, elle le maintint à la force de ses muscles, les zygomatiques brûlés par l'effort, impatiente que cette conversation finisse. La mascarade était commode car elle n'aurait pas su qu'en dire. La nouvelle lui avait perforé la tempe puis l'avait laissée pour morte à l'intérieur. Attendre. Que les tasses se vident, que les assiettes se couvrent de miettes. Que tous les éléments soient réunis pour lui permettre de se lever, d'épousseter sa jupe et d'annoncer un départ aux apparences normales. Sourire encore un peu plus fort. Tirer un peu plus haut les commissures.

Elle était partie sonnée, incapable de s'expliquer comment elle tenait encore debout. Chez elle, elle avait fermé les fenêtres, tiré les rideaux, verrouillé la porte.

Elle s'était soudainement sentie épuisée, s'était endormie comme un bois mort. Ce n'est qu'en s'éveillant plusieurs heures plus tard, dans la nuit noire, que les questions avaient entamé leur travail de sape.

Il aurait fallu que quelqu'un la prenne dans ses bras en lui disant que ça irait. Que quelqu'un la rassure. Qu'on lui donne des surnoms tendres. Mona aurait fait ça très bien. Elle l'avait déjà fait. Elle avait les bons gestes, la bonne inflexion dans la voix. Mais on ne pouvait être à la fois la lame et le pansement, n'est-ce pas.

D'abord, elle en perdit le sommeil. Ses nuits devinrent théâtres d'ombres, abritant chaque soir des rendez-vous dont elle était absente. Assise sur son lit, elle reconstituait ce qu'avait dû être la première amorce. Le premier mot prononcé sur un ton différent. Le premier silence. Comment ce garçon à la peau tendre, au gré des promenades, des dîners, au gré de tout ce qui les avait liés, s'était approprié Mona. Par quelles attitudes. Par quelles phrases. Par quels mouvements imbéciles. Quels mots avait-il utilisés, la première fois, pour lui proposer un rendez-vous à deux plutôt qu'à trois. À quel moment, pendant quelle absence. Quel dieu égoïste se cachait en lui et commandait ses gestes ? Mais surtout elle se demandait, et ça l'obsédait, comment Mona avait répondu aux attitudes, aux phrases, aux mouvements imbéciles. Balayant tant d'années, tant de secrets, de loyauté, tant de lieux partagés dans cette ville successivement berceau puis verger. Comment s'était-elle laissée aller au plaisir facile de la flatterie. De quoi le désir était-il né. Que s'étaient-ils dit, une fois sans elle. De quelle manière avait-il saccagé tout ce qui les reliait. Contre quelle promesse ? Sa chambre se transformait en cellule. Les questions se gravaient dans les murs, recouvraient le parquet. Elle ne pouvait pas descendre du lit sans les sentir sous ses pieds. Toute la nuit, elles résonnaient sans trouver de réponses l'aube venue. Les journées se succédaient, enfermée dans un mutisme entier, obsédée par les mêmes tourments qui tournaient et revenaient. La culpabilité lui labourait-elle les entrailles, alors qu'elle lui confiait ses doutes ? Où s'étaient perdus les scrupules ? Tout l'éventail des questions inutiles qui se lèvent quand la trahison survient, alors qu'aucune réponse ne changera l'histoire et ses traits hideux. Alors qu'il faudrait ne rien en dire, ne rien en penser. Il faudrait cesser d'exister, le temps d'oublier.

Elle avait vite évacué la question de l'homme. Il avait sombré dans les limbes de son esprit, endeuillé non d'un mariage avorté, mais d'une amitié démolie. Dans ses pensées, celui qu'elle avait trouvé beau portait désormais le visage laid de la veulerie. Elle lui trouvait la démarche voûtée des égoïstes, la brutalité des impulsifs. Des mal contenus. Seule Mona surnageait à la surface de sa conscience, occupant tout l'espace, effaçant tout le reste. Le coup de griffe entre ses omoplates ne cicatrisait pas. Elle essayait. Elle poussait loin son imagination pour chercher du sens à l'insensé. Cautériser la plaie au désinfectant de la logique. Elle y brûlait ses nuits, interdite face au vitrail menaçant que dessinaient les faits mis bout à bout. Devant cette nouvelle réalité, mauvaise, à la fois inéluctable et impossible à appréhender. Elle se sentait ployer sous la somme de ce qu'elle ne parvenait pas à s'expliquer. Aucun mot ne suffisait devant l'étendue de sa peine, devant la force de l'onde de choc. On avait envie de la saisir par les épaules, de la secouer. On voulait la voir éructer, l'entendre être grossière, se permettre d'être injuste. On avait envie de la voir tout casser. Tout, plutôt que ce silence moribond.

Pas un instant elle n'avait songé à pleurer.

La colère était arrivée plus tard. Foudroyante. Elle s'était réveillée un matin et avait attendu machinalement que les questions reviennent. Obstinées, névrotiques, désormais habituelles. Et puis rien. Ça l'avait prise dans le ventre, tout à l'intérieur s'était contracté autour du serpent prêt à sortir de l'œuf. Un caillou qui chauffait si bien qu'il serait bientôt lave. Elle sentait qu'il se frayait un chemin dans sa gorge et que jailliraient derrière lui les larmes et la colère. Éruptives toutes deux. Les questions laissèrent place au procès et aux sentences. Des centaines de couperets se mirent à tomber par vagues toujours recommencées. Inépuisables.

Elle voulait voir perler les larmes sur son visage de traîtresse, surgir la honte de sa conscience. D'amie, devenir pécheresse. Elle voulait voir se répandre les remords au fond de ses yeux, de sa bouche et de ses entrailles. Elle voulait l'entendre regretter ses choix, avouer sa faiblesse. Elle voulait la voir s'en vouloir et se morfondre de ne pas pouvoir annuler ce qui s'était passé. Elle voulait l'entendre implorer son pardon.

Un mois qu'elle n'avait plus quitté la maison. Elle y croisait de temps en temps son père, qui ne disait rien. Ne condamnant l'une, ne consolant l'autre. Son père qui ne disait rien non plus du jeune homme à la peau tendre. Pas de reproches, pas de soutien. Il y avait dans ce silence comme une absolution qui ne disait pas son nom. Qui la frappait au visage.

De Mona, elle n'eut plus de nouvelles.

Une nuit, elle rêve que son ventre est rond, prêt à se rompre. Qu'une femme près d'elle, allongée aussi, a le même. Elles sont dans deux lits simples, l'un à côté de l'autre, drapés de blanc. Leurs visages se tordent au même moment, à intervalles de plus en plus rapprochés. Un homme entre dans la pièce, s'assied entre les deux lits et pose une main sur chacun de leurs ventres. Il dit : j'espère que ce seront des garçons. Puis il se lève et il sort.

Elle ne savait faire les amitiés qu'à deux variables. Tandem fusionnel fait d'elle et de l'autre et c'était tout. Les amitiés monèmes, réduites à leur plus simple expression. Mona était de celles-là.

Après la disparition de sa mère, quand la reconstruction avait sonné la fin des deuils de chacun et intimé l'ordre à tous de se remettre à vivre, elle lui avait rendu la vie respirable dans la poussière des décombres. Elle avait été son lien aux autres, sa lucarne sur le monde. Leur amitié solaire comme une plante qui pousse quand tout s'effrite autour. Un cœur qui bat dans les débris.

Désormais, la machine s'enraie. La rage couvre toute chose d'une substance âpre.

Enfermée dans son premier étage, elle refuse de se confronter aux tessons de l'existence qui jonchent les escaliers, le rez-de-chaussée, le trottoir. La peur arrive peu après et avec elle, tout devient monstrueux. De Mona, elle craint tant la trahison que le repentir. Du garçon à la peau tendre, le peu de scrupules, l'impunité qui le précède et le suit. Quand elle prend corps chez les autres, la violence dont on ne se sent pas les moyens paraît sans limite. Elle prête à chacun, et plus encore aux deux réunis, une capacité de nuisance extraordinaire, se met à les craindre. Un instinct au creux du ventre lui dicte de se terrer dans l'ombre. De raser les murs. De se cacher derrière les objets. La peur habille les lieux de menaces silencieuses, elle donne aux ombres projetées la silhouette d'une bête.

C'est au cœur de cette forêt de créatures aux contours déformés que Mona revient. Elle apparaît dans l'embrasure de la porte sur un fond de ciel froid. Une lumière éclatante derrière elle. Les mains en losange sur le bassin, jointes du bout des doigts sous le nombril. Les paumes longeant la courbe de son ventre. Un sillon mauve sous chaque œil, le regard rivé au sol. L'emplacement des mains, l'attitude, le teint terne avaient chacun livré un élément du supplément de drame qu'elle portait désormais. Aucun mot n'était sorti de ses lèvres couleur cendre pour que Carmen dans son propre ventre comprenne. Le drame dans le ventre de Mona grandirait, viendrait au monde. On lui donnerait un prénom. La porte s'était refermée doucement dans un bruit de cliquet. On avait entendu le métal distinctement, et puis le bois de l'huis retentir contre celui du montant.

Il se passa quelques jours avant qu'elle prenne conscience que rien n'était venu rompre formellement ses fiançailles.

La maison était bourgeoise. Ancienne. Elle était passée à travers la guerre comme on marche entre les gouttes. Ses pierres millénaires toisaient la rue depuis plus de cent ans. Vestiges d'un autre temps, repère chaque jour inchangé pour les anonymes qui marchaient devant. Ce matin-là, elle se tenait face à elle comme à une bouche cerclée de dents.

Quand elle s'annonce, la petite dame ventrue qui lui ouvre sans prendre la peine de la regarder crie dans les entrailles du lieu : Mademoiselle est là !

Elle la prie de s'asseoir et ajoute, toujours sans la regarder : on va descendre. Comme si prononcer le prénom de l'homme qu'elle devait épouser eût été profane.

Elle se retrouve seule dans le salon qu'elle connaît bien, pour y avoir été si souvent en sa compagnie.

Que rompt-on exactement quand tout n'était encore que prévu, projeté, soupçonné, envisagé ? Quand on n'a encore rien vécu. Qu'y a-t-il à dénoncer quand la réalité n'a pas eu le temps de saccager l'idée que l'on se faisait d'une vie à deux ? Tout à coup, elle comprend. Elle distingue à travers les lambeaux de ce qu'elle aurait pu vivre la chance qu'elle a que cela arrive maintenant. Elle comprend, dans ce salon où le velours jaune de la banquette est trop vif, l'apparat avec lequel tout est décoré trop convenu ; elle comprend la chance qu’elle a d’y échapper.

Quand il entre, elle lui trouve le dos légèrement voûté des gens peu fiers d’eux. Les épaules en dedans. L’impunité qu’elle lui prêtait s’émiette. Révèle une réalité plus nuancée. Moins lustrée de cruauté. Il lui semble faible, soudain. Petit. Les traits de son visage sont moins fins que dans son souvenir. Il hésite quand il parle. Entame un mot, se ravise à mi-chemin. Il prend une grande inspiration qu’il expire par le nez, la bouche pincée. Ça lui écarte les narines. Les côtes. Ses épaules s’affaissent un peu. Il regonfle ses poumons et prononce la phrase à laquelle elle s’attendait peut-être le moins. Il dit : je suis toujours disposé à t’épouser.

Il est des instants fugaces et précieux, défaits de mots, presque inintelligibles. Des instants où se dévoilent, le temps d’un souffle suspendu, les évidences retenues jusque-là. Sa poitrine se déverrouille d’un demi-centimètre. À l’étage, des lames de plancher grincent sous le poids d’un corps qui évite sans doute pudiquement de descendre. C’est peut-être à ce moment-là que la fuite s’est imposée. En voyant sa bouche d’enfant articuler ces mots, l’air désolé. Alors que cette proposition s’immisce dans chaque recoin de son être, jusqu’à lui craqueler la peau.

Elle marchait dans les petites rues de la ville, adaptant l'inclinaison de ses pas aux pavés irréguliers. Faisant se contorsionner ses chevilles. Elle pouvait bien croiser n'importe qui. Elle pouvait se mesurer aux histoires, à leurs déformations. Aux regards qui brûlent, aux jugements que l'on devine. À ceux que l'on invente. Elle pouvait se mesurer à tout, elle avait la place : la peur s'en était allée.

Dans l'escalier, elle avait posé bien à plat la plante des pieds sur chaque marche, douze fois puis douze autres. Elle avait regagné son premier étage. La maison était déserte, il n'était pas encore midi. Elle allait partir, elle le savait. Avec le vide comme poussée.

Elle s'assit face à la coiffeuse, déboutonna son chemisier. Ses deux mains manipulant le tissu sans le support des yeux, fixés dans leur reflet, elle le plia et le déposa sur le dossier de la chaise derrière elle. Le vêtement adoucit la pression du bois contre ses vertèbres. Dans la glace, elle détaille son torse nu, elle cherche ce qu'elle en pense. Les yeux des autres la trouvent belle. Mais les siens ? Elle suit du doigt la galerie convexe que creusent les deux os perpendiculaires au cou sous sa peau, descend le long de la jonction verticale des côtes. Elle toise ce tissu d'épiderme, le vêtement qu'elle oppose au monde et qui la range, avec ses cheveux longs, le renflement de ses seins et la finesse de ses mains, du côté féminin de la vague. Elle envisage ce sac d'attributs pour ce qu'il est : sa contribution au mythe et sa condamnation aux derniers wagons de l'existence. Le compartiment pour dames. Plus étroit et moins bien chauffé que les autres. Celui à bord duquel on se marie, on éduque ses enfants. Celui à bord duquel on se soumet à l'époux à condition de dominer la bonne. L'endroit où l'épanouissement naît dans le salon des invités et s'éteint sur le seuil de la chambre à coucher. De la paume elle couvre son nombril, puis son bas-ventre. Sa main s'attarde entre ses jambes.

À travers le verre irrégulier de la fenêtre, des notes de piano rebondissent contre les façades. Un instant, le bleu anémié du ciel les retient, puis les relâche. Huit notes qui se répètent, qui se décrochent. Un air neutre, ni triste ni enjoué. Une mélodie calme qui résonne dans le silence de midi.

Dans le reflet derrière elle, sa chambre. Le chapeau posé sur une chaise près de la porte, un manteau sombre. Une robe droite pendue à un cintre. Autant de signes d'appartenance à son sexe, qu'on dit beau. Qu'on dit faible. Autant de laissez-passer vers une destination que personne ne convoite. Ça la prend à la gorge. Cette proposition unique, ces exigences dans lesquelles il faut se glisser en rentrant le ventre. Les étoffes invariablement belles et coquettes qu'on fait porter aux jeunes filles. Inconfortables, aussi. Les beaux mariages qu'on leur promet avec les garçons qu'on leur a appris à désirer. Elle sent le souffle lui manquer, sa poitrine se serrer. L'angoisse en son creux gonfle à mesure qu'elle énumère mentalement les options qu'elle se connaît. Épouse ou vieille fille. C'est tout ce qu'elle observe, tout ce qu'on propose. Rien ne la fait plus suffoquer de détresse que cette étroitesse-là. Elle se voudrait libre. Pourtant son désir est informe, ses aspirations imprécises. Elle se voudrait vaste. En tout cas plus vaste que cet abrégé qu'on lui suggère. Elle voudrait emprunter un chemin différent de celui du mariage ou de la pitié. La colère reflue, semblable à la nausée. Elle voudrait hurler à en briser le verre, à s'en déchirer la gorge. À s'en retourner les poumons. Ses ongles s'enfoncent le long des cuisses, elle arque ses doigts de force pour pénétrer le muscle tendu de fibres. Plaque ses mains, une sur chaque sein, et appuie comme pour les ranger près du cœur, derrière la cage osseuse qui le sépare de l'extérieur.

La masse granuleuse souffre sous ses paumes, compressées contre les os, les cartilages, et glisse sur les côtés. Si elle avance les bras, ses aisselles la recouvrent. Deux semaines depuis le dernier sang. Ses seins sont plus lourds, plus pleins. Tout les agresse. Elle se regarde maintenant, les doigts en bandeau. Que reste-t-il de sa féminité, leur relief soustrait à la vue ? Ses cheveux, sans doute. La vague qu'ils forment, plaqués sur le côté, coupés sous l'oreille. Elle lâche sa poitrine et défait l'ordre de ses mains, bougeant chacune dans un sens opposé. Elle ramène sa chevelure informe en avant, la laisse retomber en cascade sur son front. Lisse de la paume le reste sur les tempes.

Elle commença par là, par ce qui frappait le moins : par les petites mèches de part et d'autre du crâne. De petits coups de ciseaux secs et maîtrisés. D'où succombaient un mètre plus bas un demi-centimètre de cheveux à gauche, un demi-centimètre à droite.

L'affranchissement fut presque imperceptible, de millimètre en millimètre. D'infime en infime.

Les tempes rases, le cheveu légèrement plus long sur le sommet du crâne, elle remit les mains sur sa poitrine, rentra les épaules en avant et se dit que ça ne tenait à presque rien.

Dehors, la musique s'était arrêtée. Elle fit craquer le plancher en se levant, dévala les marches jusqu'à l'entresol où le linge propre attendait, prêt à être remonté : une pile pour chaque étage. Elle avisa celle de son père, bicolore. Des sous-vêtements blancs, le reste pour la plupart couleur tabac.

Elle fait glisser le marcel de coton du plat de la main jusque dans le pantalon trop large, qu'une ceinture de cuir ramasse en accordéon autour de sa taille. Ses seins sont maintenus au plus près de ses côtes par une bande de tissu plusieurs fois enroulée autour du buste. Une épingle tient le tout. Jeté sur son épaule droite, un sac de toile presque vide.

Elle accorde un dernier coup d'œil à ce nouveau visage dans la glace du hall de jour, passe sa main droite sur sa joue, la remonte vers le front comme pour chiffonner ses traits encore trop lisses. Elle défait la virgule de ses sourcils. La largeur de ses épaules ne souligne plus l'étroitesse de sa taille, ensevelie sous les vêtements de son père. Sans forme et trop amples sur son corps. Elle sourit à son reflet, elle lui trouve du crédit.

En claquant la porte, le changement lui semble strictement externe. Circonscrit à ce qui couvre la peau : tissu, cheveux, chapeau. Sangle du sac sur son épaule. Elle s'attend à sentir pousser du poil sur son torse, à le voir noircir ses avant-bras. Elle aimerait sentir ses pieds s'épaissir. Elle voudrait sentir le processus lui faire des racines dans le ventre. Sentir la toile lui enfoncer ses fibres dans les bras. Elle voudrait sentir battre dans sa poitrine le cœur d'un homme. Et comprendre, enfin. Percer le mystère de ces corps si différents, et peut-être conjurer l'effondrement. Les scruter au plus près possible, comme on scrute sa propre main. Parce que l'observé dépend du même tissu que l'observant. Commencer par le plus simple, se dit-elle, le reste suivra. Endosser le vêtement large de la masculinité et découvrir, au moins, l'amplitude d'un geste qui n'a pas appris à se refréner. À se mouvoir sans se soucier du territoire que ça pourrait retirer à l'autre. Oublier l'autre. Oublier jusqu'à sa possibilité. Comprendre ce que c'est que de pouvoir, et de le faire. Tout se permettre. À son tour, disposer. Et disposer encore. Disposer sans cesse. Composer une existence exempte de compromis, où l'on se sert sans hésiter. Elle allait ressentir ce que c'était que la puissance d'être un homme. Comprendre chaque minuscule étape qui avait pu mener à ce qu'il se sente autorisé à disposer de tout et de tout le monde. L'évidence qu'il avait à vivre, à jouir, à profiter. Éventrer ce mystère-là. Elle va incarner ce corps et goûter à l'entre-soi qui n'a jamais voulu d'elle. L'impénétrable enfin pénétré. Comprendre ce qui rend aux hommes l'égoïsme si simple. Si limpide. Savoir si, à sa place et dans son corps, elle aurait fait pareil.

Dans le tramway pour le centre-ville, elle garde les yeux rivés au sol. Elle achète deux pantalons d'homme, deux tricots, une chemise en toile grise, deux pull-overs et un manteau. Toujours en regardant le sol. Elle enfile l'un des pantalons avant de prendre congé. Alors c'est ça que ça fait, d'enfiler un pantalon quand on est un garçon ?

Elle passe le tricot, la chemise. Remonte la main le poing fermé dans le conduit de la manche. La voilà recouverte, ces vêtements comme une armure, comme un rempart, prête à rejoindre la gare. Une suite indifférenciée de crânes l'entoure, cheveux tantôt longs, tantôt courts. Chapeaux de dames ou de messieurs. Une fois dans la foule, elle relève les yeux. Remplit ses poumons pour bomber la poitrine. Un genou se plie en angle droit, le pied tout au bout quitte le sol. Se pose sur le talon à bien un mètre de là. Un pas assuré, le premier.

Sur ses photos d'enfance déjà: miniatures d'attributs. Chapeaux, collerettes, dentelles. Miniatures de vêtements pour dames. Petites manches bouffantes et raffinées. Boutons vernis. Jupes en guise de pantalons. Souliers inconfortables, déjà. Panoplie jamais modifiée depuis, tout juste réajustée. Elle l'avait acceptée sans rechigner, sans en souffrir. Sans s'en féliciter non plus. Elle n'y avait jamais vraiment pensé.

En lui rendant la monnaie, l'employé de chemin de fer lui dit bon voyage. Il ajoute: monsieur. Elle retrousse un coin de la bouche et esquisse un hochement de tête. Tandis qu'elle fend la distance qui la sépare du quai, ajustant son pas aux battements de jambes en ciseaux de part et d'autre d'elle, le frisson qui lui parcourt la peau ressemble à de la joie. Monsieur. Sous la langue, la saveur de la désobéissance et du secret. De la transgression publique, effrontée, au nez de tous mais que personne ne voit. Sous la langue, le goût s'installe et elle s'y habitue. Dans le wagon, sur un siège choisi au hasard et semblable à tous les autres, elle laisse ses bras, ses jambes, son dos et sa nuque s'épanouir contre l'assise. Sans rabattre les jambes l'une sur l'autre. Sans croiser les bras sous sa poitrine. Tout reste ballant, désarticulé. Tout pend détendu le long du buste ou en dessous. Les muscles se décontractent, le ventre ressort légèrement. Un soupir de soulagement lui échappe.

À l'arrivée, l'air ne sent pas ce qu'il sentait chez elle. Il n'est pas chargé de colère, ni d'accents connus, anticipés. Ici, il murmure la promesse de l'eau, du sel. On n'y parle plus la même langue. Les mots qui lui cognaient l'intérieur du crâne se diluent dans la rumeur des syllabes nouvelles. Articulations de sons auxquels il faut trouver du sens. La langue qu'on parle ici cache d'autres secrets. Elle accueille le sien, s'enroule autour, le dérobe à la vue. De dos les crânes sont identiques, recouverts de cheveux ou de chapeaux comme à la gare, dans le déguisement ordinaire des vêtements de ville. Des habits ni du lundi, ni du dimanche, usés pareillement par chaque jour de la semaine. Sous la toile qui travestit les corps, qui campe la comédie, les chairs sont à vif sûrement, les dermes rougis. L'œuvre du sel et de l'eau. Et sous la peau, dans les tréfonds du crâne, l'âme nue et sans chair, la matière du rien. La mécanique blanche des muscles, des os qui se meuvent et ajoutent à chaque pas le suivant. Autour d'elle l'armée de crânes, nets de près, flous de loin, indifférenciés, marche au pas.

Une demi-heure la sépare de la halle où s'entasse le poisson et où résonne son prix. L'air, accumulé, compressé sous les arceaux de fer, est lourd, putride. Gorgé d'eau salée et de sang tiède. Il fait froid, ça maintient la puanteur dans des proportions raisonnables. Ça rougit les visages. Elle passe d'un étal à l'autre, jusqu'à ce qu'on lui indique, le doigt tendu vers le quai, un groupe d'hommes revenu de la pêche. Bonnets de travers, toile épaisse sur les épaules, traits mangés par le soleil et le vent. De sa bouche sort un brouillard de buée. Elle ne connaît pas les mots, ni les codes. Elle n'a pas la langue, ignore comment sonnera sa voix. Elle craint la discussion, serre un poing dans chaque poche et marche vers eux. Une pensée magique et un peu désespérée : rien n'est à perdre. Aussitôt recouverte par l'écume de l'orgueil. Non, rentrer sans cheveux et sans succès ne peut être envisagé.

D'abord, elle annonce l'âge qu'elle s'est choisi. L'illusion d'une majorité. Elle s'enquiert des horaires et des besoins, réduisant ses phrases à l'essentiel. Presque une suite de mots-clés. Le langage universel de l'étranger. Un homme s'extrait du groupe, raisin arraché à la grappe, et s'approche d'elle. Il la toise et le silence s'installe, inconfortable et long. Elle sent son cœur lui battre dans les tympans et se demande si ça se voit à travers les vêtements. Elle s'oblige à ne pas bouger, les mains toujours en boule dans les poches. Plusieurs secondes se sont écoulées, ont écartelé le temps, couvert l'espace qui les entoure d'une densité qui rend lourd l'air autour ; quand enfin il articule un lieu suivi d'une heure. Le lieu et l'heure en toutes lettres viennent se loger comme un coup dans les tissus de son ventre. Elle acquiesce, pivote, traverse de nouveau la halle dans le sens inverse. Incrédule devant tant de facilité. Elle se dit que le hasard l'encourage.

Contre quelques pièces, elle s'effondre sur le lit d'une minuscule pension près du port. Les draps sont humides contre son dos. Elle sourit : demain, elle s'en ira vraiment.

L'air est encore opaque, chargé de brume. Le cri des mouettes comme unique irrégularité dans la peau du silence. Les cordes gémissent autour des bornes de bois à chaque mouvement de l'eau contre la coque. De petites vagues clapotent bêtement contre la bordure du quai. Un mélange de rosée et d'eau salée recouvre les pavés. L'aube est encore bleue. Elle se diluera bientôt dans le gris. Quelques ombres percent progressivement l'opacité du jour : des corps grands d'abord informes, surmontés de bonnets, qui exhalent une fumée légèrement plus dense que le brouillard. Elle rentre les mains dans ses poches pour se donner une prestance. Feindre l'aise, planter la première le regard dans ceux qu'elle croise. Ajouter un hochement de tête – minimal, minimum – pour saluer. Une voix que mange un peu l'épaisseur de l'air déchire le silence, avant que le corps qui la porte n'apparaisse. Derrière la succession monocorde de syllabes, elle devine des prénoms, un appel d'équipage. La liste des présences peut-être, qui sonne comme un poème à qui veut s'en aller. Une file de silhouettes se forme en rythme, elle s'y insère après un homme, devant un autre. Silencieuse et appliquée. On quitte le quai pour la passerelle. La passerelle pour le pont. Les visages se toisent et se découvrent. Chacun s'apprend.

Restent à quai, avec le mélange de rosée et d'eau salée, son prénom, son histoire et son rôle. Elle prend le large sans eux. Allégée de tout, assiégée d'inconnu.

Les femmes restent sur la digue, tendues vers l'eau. Debout sur le pont face à la mer, elle leur tourne le dos. Elles l'ignorent mais elles l'attendront comme elles attendent leurs époux. À leurs pieds les plantes fanent dans le sable, englouties par le vent et les particules. Exactement comme l'attente érode l'âme.

Sur l'eau elle obéit, empressée, aux ordres qu'elle parvient à décrypter. Un texte à trous auquel elle trouve du sens, tantôt par chance, tantôt par déduction. Presque trop tard à chaque fois.

Jusqu'ici, elle s'était déplacée parmi les hommes se déplaçant. Désormais presque immobile, elle les observe. Elle détaille la volonté qui les anime de conquérir, toujours, ce qui se refuse. La détermination qu'il faut pour coloniser l'eau. Marcher dessus. Creuser sa surface. Marcher sans sol et sans sombrer. Elle les regarde s'agiter, s'invectiver, se soumettre à l'ordre. Courber l'échine face à la hiérarchie, et piétiner plus petit que soi comme on écrase un mégot ; parfois sans regarder, parfois en coulissant du talon. Qu'ils soient en train de se faire coloniser à leur tour par elle, ça ne les effleure pas.

L'identité est liquide, elle se coule sans effort dans de nouvelles rigoles, creuse de nouveaux recoins. Au rythme de l'eau, elle oublie la jeune fille qu'elle était et devient le garçon qu'elle incarne. Elle l'incorpore. Elle s'habitue au *il* que sa personne arrache aux bouches de l'équipage. À son reflet dans leurs regards. Au début, elle reste pendue à leurs yeux comme quand elle s'inscrivait dedans en femme. Elle en a besoin pour s'assurer que la performance fonctionne. Chaque seconde passée à vérifier sa crédibilité dans le miroir démultiplié de leurs pupilles. Sonder les mouvements tout au fond de l'iris, vérifier qu'il n'y a pas d'accroc. Que l'adhésion est constante, qu'aucun doute, qu'aucun faux pas ne la troublent. Puis arrive un moment où elle s'en affranchit. Peut-être parce qu'elle devient, dans chaque centimètre carré de sa chair et jusque dans l'insaisissable de sa conscience, le jeune homme réservé que reconnaissent les autres. Elle respire à sa manière, elle marche, elle pisse, elle parle et pense comme lui.

Ici, on pisse par-dessus bord. Elle a en permanence dans la poche un petit cône métallique prévu pour ça. Quand il le faut, à la proue, elle le cale contre sa paume juste avant de déboutonner son pantalon. Faisant mine de sortir sa verge pour uriner, elle le glisse discrètement entre ses jambes, tendu vers la mer. Elle urine debout, le bassin en avant, et regarde, fascinée, le jet jaune et fumant fendre le vent jusqu'à l'eau. La satisfaction qu'elle ressent au passage du liquide chaud à travers le métal la surprend. Une sensation inédite dans les sillons de la paume. Elle secoue son cône une fois, deux fois, pour le débarrasser des dernières gouttes, exactement comme eux secouent leur sexe mou. Elle le cale de nouveau au creux de sa paume, le fait remonter le long de sa manche et, libérée de son ersatz d'urètre, referme son pantalon. Fourrant les mains dans ses poches, elle laisse l'accessoire redescendre le long de son poignet.

Réduites au strict minimum, ses interventions orales ne lui permettent pas de se lier réellement au reste de l'équipage. Elle consent au nécessaire, incertaine de la créance de sa voix. Accoucher chaque jour d'un timbre plus grave. Faire naître le son plus en bas, presque dans les poumons déjà. Et le reste du temps, aux questions qu'on lui pose, répondre sans verbe. Le visage suffira. Elle accuse réception en relevant un sourcil, réplique d'un haussement d'épaules. Elle fait mine d'être occupée, le plus souvent. Elle désapprend à sourire : ça encouragerait les questions, les suivantes, celles qui pourraient la trahir. Elle évite de poser trop longtemps son regard dans celui des autres. Elle le cadenasse aux poissons qu'elle doit encore éventrer ou à l'immensité de la mer. Quand les vagues inondent sa vue, d'autres flots se superposent. Ça arrive souvent. Transparents d'abord, puis de plus en plus nets. Une autre époque s'installe, une autre saison se lève. Elle se trouve sur un bateau toujours. Mais plus petit, plus ancien. Attachée au mât du voilier de sa mère. Elle ne doit pas avoir plus de quatre ans. C'est avant la guerre. Elle se souvient encore de la caresse tiède du soleil sur sa peau d'enfant, de sa mère qui s'agite autour des cordes. Des voiles qui se hissent brusquement avant de claquer sèchement, tendues par le vent. Le voilier s'est suffisamment éloigné des côtes pour qu'on ne puisse plus les apercevoir qu'à travers les jumelles qui pendent à son cou. Elle est petite, elle ne devrait pas se souvenir. Pourtant le sentiment de détachement total qu'elle en garde résiste au temps. Le bras des vagues traverse les années et revient la bercer. Sa mère et elle sur l'eau, tout entières l'une à l'autre.

– Carmen s'agite trop, elle disait en rentrant, alors je l'attache au mât pour éviter qu'elle tombe à l'eau.

Chaque jour elle scrute la couleur du jet d'urine. Chaque matin elle glisse entre ses jambes une main discrète et hésitante. Quand elle la remonte le long du ventre, elle l'inspecte. Elle la sent. Elle cherche. Dans le silence de l'aube la tête interroge le bassin, la conscience sonde le corps. L'objet de la fouille se compte en crispations, même infimes, des muscles de l'abdomen. Chaque matin le filet de sang qu'elle redoute manque à l'appel.

Au ressac des vagues se calque, plus ample, celui de son ventre. Elle n'a pas peur du sang. Elle sait le coton, la manière de le rouler puis de le pousser à l'aide de deux doigts vers le fond de son ventre, pour l'empêcher de couler. C'est le reste qu'elle appréhende. La douleur, la faiblesse. Le corps qui cesserait d'obéir et d'encaisser. Les seins gonflés, douloureux sous le tissu. Peut-être même visibles. Les assauts de la tristesse, les cailloux dans la gorge. Chaque jour rempli de nouvelles chairs à tuer, de sols à récurer, de café dilué.

Deux semaines passent, le temps s'écoule. Pas le sang. Les clous qui lui barrent le bassin habituellement restent sur le seuil. Menacent puis renoncent à l'épanchement. Comme si le ressac des vagues annulait celui du ventre. Elle ne saigne pas, son corps au diapason de la masculinité qu'elle s'est fabriquée. Elle est un homme jusqu'au plus profond de son appareil génital.

Le miracle du sang qui ne coule pas se renouvelle chaque jour, et chaque jour est un jour arraché, sans savoir si ce sera le dernier, à tout ce qu'elle a quitté.

À vingt heures, on déposa la première assiette creuse sur la table. Les dix-neuf autres suivirent de peu. De la soupe pour les remplir, qu'il faudra vider. Du poisson blanc ensuite, qu'elle sera incapable de toucher.

L'hiver n'a pas encore libéré la ville de son drap mal séché. L'air est humide et froid. Le soir tombe tôt. Par-dessus les chemises, des pulls, de la fibre de laine, des encolures, des montres à gousset. La vingtaine de crânes associés à chaque assiette a les cheveux gris, ou clairsemés. C'est son père qui fête son retour, pas elle. Ce sont ses invités, pas les siens. Les visages articulent des politesses. On parle sans en parler du mariage avorté, bien qu'*avorté* ne soit sur aucune bouche. Le jeune homme à la peau tendre n'est jamais évoqué. Le ventre tendu de Mona non plus. On est pudique, on est délicat. On cherche sans le dire la suite à opposer. Avec soin, son père a trié ses invités. Sur le volet, s'était-il dit, satisfait. Pas de proches, pas de parents, pas d'éléments satellites au drame de l'année d'avant, tout juste révolue. Il la couve d'un regard inquiet mais impuissant. Il ne se l'avoue pas encore, mais il renonce doucement. Se trouvent parmi les crânes qui flottent des directeurs, des haut placés, des noms que plusieurs bouches prononcent chaque jour en chœur. C'est sur leur descendance qu'il mise. Ce n'est jamais dit, mais il n'a pas besoin de dire pour qu'elle le sache. Il croit bien faire. Il croit le faire pour elle, pour son avenir.

Quand elle entre, monade errante, les voix masculines qu'elle n'a plus besoin de singer s'estompent. Elles pourraient faire silence autour de son corps à nouveau féminin. De ses épaules dénudées partiellement ou de ses jambes longues et fines que plusieurs semaines en mer et en homme n'ont pas réussi à épaissir. Le silence pourrait se faire autour de son décolleté émouvant, ou de la rangée de perles qui le fend d'opale. En réalité, il se fait autour de son visage encadré de cheveux courts. Un silence chargé d'air inhalé, la bouche entrouverte, et retenu le temps de comprendre. Le temps de comprendre la barre en biais qui lui désunit la figure depuis la droite du front jusqu'à l'oreille gauche. La moitié haute, blanche d'être restée sous son bonnet de pêcheur. La moitié basse, brunie, brûlée d'être restée nue. Le bonnet enfoncé sur sa tête l'avait cachée de l'équipage. Ce soir, il révélait la supercherie aux crânes monochromes et médusés. Eux qui connaissent les règles, les lois qui donnent à la pièce ses contours. Aux corps qui la remplissent leur homogénéité. Elle y était entrée comme une promesse de métissage, revenue de l'autre côté de la frontière. Elle avait visité le corps de ces hommes et y avait laissé la moitié de son visage. Seulement, ils n'en avaient aucune idée. Elle savait désormais ce qui la retenait en dehors. Lui manquaient les rites, les anecdotes partagées comme une langue dans la langue. Le double sens des mots. Les dates qui faisaient événement. Il lui manquait les connivences. Araignée sur la toile de ces crânes vieux aux doigts comme des griffes. Une toile qui ne lui appartient pas, que d'autres tissent. Un instant, elle voudrait qu'on la lisse, qu'on l'adopte. Qu'on lui dise où raboter pour être parfaitement adaptée. Elle voudrait faire partie. Tenir un rôle, n'importe lequel, au milieu des crânes gris, et le répéter, le reproduire. Le dominer pour dominer à son tour parmi ceux qui dominent. Pas différer. Pas s'isoler. Pas voir de loin, du dehors, pas se heurter au mur bien visible de sa différence. Crânes grisonnants, crânes blancs, air entendu, aisance naturelle, elle les regarde attentivement. Elle voudrait connaître le goût du sang partagé, entremêlé, unanime. Goûter à la toute-puissance du groupe dans cette pièce-ci, en ce tout début d'année. Mais elle a débandé ses seins, dénudé ses épaules. Elle a retiré son bonnet et fardé ses paupières. Sa bouche est carmin. Elle s'appelle Carmen à nouveau. Comme l'héroïne d'un opéra que sa mère écouta jusqu'à en user la laque et qui meurt à la fin. Qui meurt des mains d'un homme. *Car – men.* Des mains de tous les hommes, peut-être. Elle les regarde se ressembler. Elle pense : un jour ils en mourront. Ils étoufferont des traits communs qui leur resteront dans la gorge. De leur filiation comme d'un foulard noué trop près du cou. Ils s'éteindront, consumés par leurs conflits sans loyauté, leurs hauts faits usés d'avoir été mille fois racontés. Ils mourront de n'inspirer que l'air appauvri qu'ils rejettent fenêtres fermées. Pensant cela, elle raconte la mer. Assise au bout de la table à l'angle de la pièce, un coin dans le coin, elle ponctue sa transgression de gorgées de soupe. La cuillère reste le dos contre la nappe. Ce sont ses lèvres directement sur la porcelaine qui vont chercher à manger. Son voisin de droite, chauve, la main sur sa serviette, l'observe et compte les gorgées, pendu à son cou. Il scrute ses déglutitions, les mots qu'elle prononce ne lui parviennent pas. De sa bouche sortent les discours enfiévrés, recueillis en mer, retenus depuis. Le récit de ses semaines de matelot, qu'elle détaille tâche par tâche en faisant danser ses doigts autour d'elle, animant quelque part ailleurs la marionnette invisible de ce qu'elle était. Quand elle parle du travail elle voûte le dos, mime les gestes. Des serviettes se posent sur la nappe, à côté des assiettes. La désapprobation fait un bruit de tissu et de nourriture mâchée silencieusement. Une chaise pousse un cri de hautbois quand une paire de jambes, se levant, la repousse. Un invité s'en va, outré. Un autre le suit. Son père aimerait saisir au coude quelqu'un qui s'éloigne, mais il se ravise. Il les laisse partir les uns après les autres, espérant que l'eau redeviendra lisse.

Le troisième à poser sa serviette l'air navré est l'ami du père, le visage familier qui disait d'elle : l'enfant que je n'ai jamais eu. Celui qui a toujours flâné quelque part autour depuis le décès de sa mère. Il pose sa serviette et se lève. De sa bouche cessent de sortir les images du bateau. La surprise se lit sur ses traits. De lui, l'intolérance l'étonne. Elle déglutit et, si la salive descend, les mots remontent. Elle continue, elle se dit tout en parlant : rien n'est à perdre. Il s'éloigne, elle sait que son visage ne sera plus jamais familier. Il lui avait promis pourtant, enfant. Chaque pas qui le rapproche de la porte formule une autre promesse, le contraire de la première. Il devient étranger quand la porte claque. La promesse est brisée.

Elle ne dévisse pas son sourire : plus rien n'est à perdre, elle se répète. Mais comme apprendre un nouveau corps, défier son père lui demande un effort. Longtemps, elle avait voulu se fondre dans les formes prévues pour elle. Se contenter de ce qu'on lui proposait. Mais il y a cette insuffisance qui la suit et la presse, et l'affame d'autre chose. Une dernière fois elle arrime son regard au sien, elle lui ouvre la main. De l'affection, du réconfort dans sa requête silencieuse. Les moyens d'un père pour soutenir sa fille. Regarde-moi pour ce que je suis, reconnais-moi. De sa bouche plus un mot ne sort, à peine un filet d'air. Et puis dans son bassin, une lame toute petite se dessine. Qui grandit et s'aiguise. Entaille la chair. Lui coupe le souffle.

La douleur est fulgurante. Une fleur pousse à l'intérieur, pulvérisant chair et entrailles sur son passage. Gluante et écarlate comme un pétale translucide. Hybridation d'hibiscus et d'orchidée. Elle s'ouvre entre ses hanches. Elle a chaud et elle a froid à la fois. Une fine couche de sueur se forme sur sa peau, comme le souffle habille de buée une vitre refroidie par le soir. Le sang qui circule et anime son corps se retire des bras, des jambes. Il se concentre en poids, en volume dans son ventre. Tout se crispe autour. Tout se crampe. On peut voir au bas de ses joues, à la frontière du visage et du cou, la peau se soulever sous les muscles contractés. Ça lui fait comme un cœur qui bat dans les mâchoires. Au plus profond de la douleur en rocher, elle sait que le sang se fera ruisseau, puis rivière. Qu'il se fraiera une voie dans la pierre. Le sang qui menace de lui couler du ventre, de se répandre. Elle gonfle ses poumons en espérant que, comme des éponges, ils retiendront la lave. Se lève lentement. Bassin verrouillé, seules ses jambes peuvent bouger. Marche après marche, elle se cramponne à la rampe. La porte claque derrière elle tandis que son dos déjà touche le mur, un étage plus haut. Les voix en bas ne sont plus qu'un murmure. Un souvenir. Posant ses mains moites à hauteur des cuisses, sur le satin de sa robe, elle en retrousse les pans et s'affaisse doucement contre le papier peint. Accroupie au-dessus du pot d'émail posé au sol, elle regarde couler, la nuque cassée, d'abord quelques gouttes, puis un filet élastique et sombre sur la paroi blanche. La foudre lui traverse les entrailles. Un petit caillot bordeaux, ferme et visqueux, tombe. Tout le sang qui refusait de couler abonde.

À travers le verre irrégulier de la fenêtre, quelques notes de piano rebondissent contre les façades de la rue. Un instant, le velours de la nuit les retient. Un air neutre, ni triste ni enjoué. Une mélodie calme qui résonne dans le silence d'avant minuit.

L'ÎLE – 1931-1933

Ma chair, seule, est insatisfaite.

Mireille HAVET

Ça se produit un samedi de plein hiver, dans une salle tout ce qu'il y a de plus classique. Du parquet verni au sol. Des murs traversés par l'eau et les années, qui en gardent des démarcations grises en forme d'horizon.

On y défend les excentricités d'Isadora Duncan, qui ne laisse personne indifférent dans le petit monde de la culture. C'est ce qui les réunit toutes, cet après-midi-là. Certaines à la recherche d'un souffle nouveau dans leur pratique. D'autres intriguées par les quelques voix qui s'élevaient pour en faire l'éloge. D'autres encore séduites par les critiques acerbes qu'on pouvait lire dans la presse. Au milieu de cette poignée de visages qui ont Isadora en partage, elle ne voit que le sien.

Et son corps aussi, qui semble savoir se nouer aux notes depuis avant la naissance ; sa bouche, qui raconte aux femmes tout autour la découverte de la danseuse prodige en Crimée. C'est donc de là que vient son visage de roman russe. Elle dit, la main tapant doucement sa poitrine, lui avoir gardé une place près du cœur tout au long du voyage pour fuir la Russie, avant de poser ses valises ici. Elle a d'abord remarqué ses cheveux blonds, tirés en chignon. Elle dansait deux rangs devant elle. Son aisance et sa grâce aimantaient les regards à son dos. Le sien s'ancre là où les omoplates se rejoignent, quinze centimètres sous la nuque. Elles se rencontrent comme ça : l'une de dos et deux rangs devant l'autre.

Hélène fait partie des personnes qui captent l'attention. On ne les connaît pas. On ne les trouve ni jolies, ni particulièrement sympathiques. Mais les têtes se tournent et les yeux regardent. On les remarque presque malgré soi. Un appel à voir qui commence avant la vue, quelque part près de l'instinct. Sa singularité disperse les foules et, la dispersant ce jour-là, elle s'impose à elle. À son visage elle revient sans cesse, incapable de s'expliquer pourquoi. Elle se demande si des cheveux différents y changeraient quelque chose. Si elle était brune. Si elle n'était pas si parfaitement féminine. Si elle ne portait plus de robe. Plus de perles dans les cheveux. Plus de foulard. Plus de gants. Plus de chaussures. Si elle était nue. Alors elle la dénude. Elle la ramène à sa forme la plus pure et l'interroge. Pour en être sûre, elle la déguise. Elle la pousse exactement de l'autre côté. Elle la recouvre de pantalons larges. De chemises amples. Elle lui coupe les cheveux mentalement. Elle lui rase les tempes. Elle la salit. Mais la beauté reste. Son visage comme une invitation répétée, inlassable.

Elle l'admire d'abord de loin, toujours avec d'autres corps en travers de la vue. D'autres peaux entre les leurs. Son regard a l'intensité de ceux qui n'osent pas se dévoiler tout à fait. Des curiosités qui se retiennent. Elle détaille cette inconnue sachant déjà qu'elle ne l'oubliera pas. Elle apprivoise sa silhouette par le bas. Les pieds tantôt à plat contre le sol, tantôt pointés verticaux. Ses jambes d'enfant dont on voudrait mordre la peau.

Où elle imagine la trace légère de ses dents. L'ovale de ses hanches. Ses bras tendus comme des ailes de cygne ou d'avion, et son cou, tordu, pour porter sa tête de profil. Parvenue seulement à la nuque, elle se met à chercher ses yeux dans le jeu des miroirs.

Tout la distingue : la manière qu'elle a de faire parler ses mains, de légèrement relever le menton, de lever les yeux au ciel, de terminer ses phrases en voyelles et d'appuyer avec sa bouche charnue dessus, laissant ses lèvres disjointes au lieu de les sceller l'une à l'autre immédiatement. Elle est séduite par sa pupille toujours plus proche de la paupière du haut que de celle du bas. Par la vague lassitude que ça dénote parfois. On la devine exaltée, pourtant. Dans ses gestes, dans la tension de ses mouvements, l'exaltation. Elle est séduite par la finesse de ses poignets. La délicatesse de ses mains. Par l'harmonie de ses doigts, la perfection avec laquelle ils s'enchaînent. Cinq doigts délicieux. Un petit, un moyen, un grand, un moyen, un petit. Qui se plient chacun avec un angle de même degré à chaque phalange, adoptent la même cambrure. Cette cambrure parfaite qui les fait ressembler à des volutes de fumée, quand elle pointe ses mains vers le lointain.

Dehors, il fait sombre. Une évidence d'automne. Des gouttes de pluie pleines et ramassées tombent d'un ciel gris, sans profondeur ni relief. Elles s'écrasent lourdement contre les vitres et dégringolent par saccades.

Ça fait tic – tic – tic, un bruit aigu comme des notes de musique. L'averse qui détrempe la rue donne à l'air chauffé de la salle quelque chose de chaleureux. Le gris dehors rend plus jaune l'éclat des ampoules. La leçon prend fin. Elle ne lui a pas adressé un mot. Elle n'a même pas capté son regard. Elle prie juste pour qu'elle soit là la semaine d'après.

En quittant la salle, elle rentre chez elle les yeux fixés au trottoir, indifférente à l'eau froide qui lui coule dans le cou. Tout à ce visage nouveau qu'elle veut connaître sans savoir pourquoi.

Les sept jours qui séparent cette leçon-ci de la prochaine passent avec la lenteur de l'impatience. Six jours sans couleur, tout entiers tournés vers le septième. Qui la font arriver en avance le samedi suivant.

Dans le vestiaire, elle ralentit ses gestes jusqu'à contrefaire parfaitement la normalité. Elle ôte, plie, range et enfile mais plus que tout, elle attend. De voir Hélène apparaître dans la périphérie déformée de son champ de vision. De sentir sa présence peut-être, avant de l'apercevoir.

Elle arrive, elle entre, tout le monde la regarde et un frisson lui parcourt l'échine quand, poliment, elle la salue. C'est la première fois qu'elle prononce son prénom et dans sa bouche, il semble ne plus lui appartenir entièrement. Il appartient à Hélène, il lui a toujours appartenu. Son souffle le rend neuf, elle voudrait que personne d'autre ne le prononce désormais.

Ses semaines tout entières tournent autour de ces deux heures-là, qui les réunissent. Dont elle attend tout, sans s'autoriser l'espoir de rien. C'est au cours d'une de ces classes que l'on propose aux plus assidues, aux plus prometteuses, de se former à l'enseignement. Elles deux parmi les quatre.

C'est sans doute là que quelque chose s'enracine. Pendant les journées qu'elles passent dans la même pièce à fouler du pied le parquet, à respirer l'odeur de la cire tout juste appliquée. Une odeur grasse qui se mélange au parfum piquant du pin et à la sueur. La formation dure plusieurs jours, sans interruption. Intégralement consacrés à cette discipline du mouvement, qui exige de réapprendre à apprendre. Défaire ce que l'on sait, faire place nette. Et approfondir encore cette nouvelle façon de danser. Intégrer, puis corriger les gestes. Très vite les deux autres s'estompent de l'image, reléguées à son bord. Elles font marge. Au centre, elles créent à deux une chorégraphie exclusive et secrète. Elle scrute maintenant son regard bien en face, de tout près. Elle lui trouve une fragilité d'enfant.

À mesure qu'elle la découvre, elle lui redessine un visage. Trait par trait, l'image du premier s'estompe dans son iris. L'amande de ses yeux s'affirme, elle gagne en nuances, en signification. Le dessin de sa bouche aussi. Son visage se drape d'expressions, d'anecdotes, dévoile une histoire. Il devient personnel. Il reflète, ou se pare, de ce qu'elle lui raconte et de ce qu'elles partagent. Bientôt le premier visage d'Hélène disparaîtra, elle ne parviendra plus à le voir. Il sera remplacé par ce visage nouveau, intime et familier. Un visage qu'elle sera sans doute la seule à voir.

La fascination spontanée et instinctive laisse place à une admiration, qui tient la fuite au creux de la main. Qui commence en Crimée et continue ici. Qui traverse Berlin. Qui suit la ligne de cette infinie migration à travers l'Europe. Aussi large que le soleil qui se lève et s'endort aux opposés. Vaste comme les langues qu'elle a apprises en chemin. Au fil de ses histoires, Hélène se rend captivante. Ses aventures jettent sur sa vie ici une lumière moins crue. Elle la trouve plus jolie ainsi.

Et puis, Hélène est nouvelle. Elle offre à son regard une page à la fois vierge et saturée d'inconnu. Déjà à apprendre et encore à écrire. Elle aime qu'Hélène ne connaisse pas grand monde en dehors du microcosme qui les a réunies. L'absence chez elle de cette parenté immédiate ou secondaire qui lie le reste de la ville. Elle la trouve étrangère. Cela lui plaît.

Hélène installe son regard dans ceux qu'elle croise. Elle s'y assied, on l'y accueille. C'est sa manière de tendre vers l'autre sans le formuler et sans trop hésiter. De la voir s'affirmer ainsi, naturellement, on a envie d'en faire autant. Alors elle lui apprend. Elle dit : je vais te montrer. Elle convoque la grâce oubliée de son corps, et rivalise d'offrandes jusqu'à la ressusciter entièrement. Elle l'habille, la maquille, la déguise, et puis lui dit face au miroir : regarde. Elle lui trouve une bouche de courage, l'appelle mon renard. Elle la travestit de nouveau, sans savoir encore qu'elle réveille des gestes endormis. Hélène répète avec ses mains ce que les siennes ont déjà fait, et de la voir reproduire, c'est comme comprendre un peu mieux ce qu'elle a accompli. Exécutés par des mains qui ne lui appartiennent pas, ses actes gagnent en profondeur. Elle en prend la mesure. Elle en tire de la joie, elle se dit : j'ai vraiment fait ça.

Hélène la place dans l'ombre, puis dans la lumière ; dirige son visage en la tenant par le menton, la photographie de profil, de face, de profil encore. Elle dicte d'autres expressions, met dans ses yeux des paysages lointains. Elle veut voir et saisir tous ses visages. De paroles en caresses, elle la replonge dans le bain des amitiés exclusives. Qui l'avait brûlée puis éteinte. Dans le vertige flamboyant des amitiés totales et profondes. Intimes. Des amitiés féminines.

De leurs longues journées passées à huis clos, elles conservent des dizaines de minuscules photographies en noir et blanc. Espièglerie, moues boudeuses, chatons adoptés et portés à bout de bras, mise en scène grandiloquente ou soupir volé à l'ennui, chaque instant est fixé dans l'encre et le papier. Protégé de ce qui suit par une couche de vernis. Elles se mettent en scène en justaucorps de danse, en robe irréelle de satin clair, longue, princière. Minces rectangles de temps qu'elles collent sur les pages d'albums à l'italienne et annotent à l'encre blanche. Des dates, des lieux, quelques rares mots entre guillemets. Noms de code, mots-clés connus d'elles seules. Elles se réinventent derrière les murs, dans la sécurité des portes closes. Elles s'offrent tous les rôles, campent tantôt des hommes – pantalon cavalier, bottes, coupe courte, brillantine, chapeau, moustache, monocle, cravate, montre à gousset, chevalières outrancières, épaulettes, talonnettes, cravache, redingote, tous les attributs y passent; tantôt les confins de la féminité, avec force robes meringues, sourires et bouches ourlées, mouches, peaux poudrées, cils recourbés, dentelles, résilles, couronnes, diadèmes, perles, plumes, paillettes, bijoux, pétales, rouge aux lèvres et rose aux joues. Derrière les portes closes, on peut être autre que soi. On choisit, on goûte, on mélange, on se regarde, on s'offre à l'autre. On découvre, on contrefait pour voir, pour essayer. On a le droit. À deux, les conventions n'ont plus cours.

Hélène, peu à peu, déserte l'appartement familial. Cela se fait à la somme grandissante des journées qu'elles passent à deux, des nuits qui les suivent. Ce n'est pas l'une qui propose, ni l'autre qui accepte ; c'est que cela s'impose, un vêtement laissé dans son appartement après l'autre. Et un jour, comme un état de fait, une évidence : Hélène habite là. Un quotidien et des murs en commun.

L'une a vingt-trois ans, l'autre à peine dix-sept. Elles s'amusent d'avoir quarante ans de vie, additionnés. Elles saturent le jardin de jeux de rôle, d'enquêtes, de reconstitutions qui les soudent l'une à l'autre. Au cours desquels elles se reniflent, se touchent, se suspectent, se confondent. S'abattent de sang-froid. À la suite desquels elles regagnent l'intérieur et dorment, s'éveillent et se lèvent ensemble. Elles partagent tout. Leurs rêves, à deux, sont deux fois plus grands. Elle retrouve dans cette proximité la fusion d'avant les souvenirs. L'amour des prémices. Elle se sent dans le lit qu'elles occupent comme dans la coque d'une noix. Isolée du monde, bercée par la pulsation de ce qui les unit. Elle s'enivre du visage d'Hélène, elle s'abreuve à ses traits. Sa beauté l'apaise et la révolte à la fois. Elle se sent vivre quand elle la regarde, alors elle la regarde souvent.

Elles composent ensemble un langage sur mesure et secret, fait d'allusions, de références, de quelques mots de russe. D'un peu d'allemand. De noms propres qu'elles rendent communs et se donnent selon que l'apostrophe griffe ou caresse. Elles y glissent parfois des notes, s'amusent que leurs prénoms, si différents, riment. Elles s'appellent *Philia, Liebchen.* Se font à la fois la communauté et le trésor de l'autre. Ensemble elles font cité. Elles créent des mots gigognes, portemanteaux, qui les protègent du monde. Qui font appartenance. Une langue qui les prépare au voyage.

Le premier voyage, c'est la musique. Elles se saoulent de notes, d'harmonie, s'épuisent dans la quête de la séquence précise qui leur fendillera le cœur. La beauté comme un répit. Alors, elles fréquentent tout ce qui nourrit, se rendent aux sources. Salles de concerts, boutiques de disques, experts, passionnés. Elles vont au cabaret, aux Beaux-Arts, accumulent les revues, se suggèrent l'une à l'autre d'écouter, se demandent ce qu'elles en pensent, confrontent, précisent. Elles quittent l'immédiatement connu, le commun, découvrent, s'accordent sur des rythmes qui leur frappent l'âme depuis très loin. Sur des partitions organisées pour forcer le recueillement et faire se fermer les yeux quelques secondes, pour entendre mieux, pour sentir résonner dans le plexus, juste sous la peau. Des mélodies étrangères, que l'on présente comme exotiques. C'est indien, c'est javanais. Étiqueté « oriental ». Elles s'en font un foyer.

Elles sélectionnent soigneusement celles qui serviront à la fois de fond sonore et de fil rouge aux cours de danse qu'elles donneront bientôt.

Trois soirs par semaine entrent dans le lieu de leur intimité cinq, dix, douze corps qu'elles déshabillent de ce qu'ils savent. Elles leur retirent les mouvements inculqués comme on prend les manteaux à l'entrée. Ils les retrouveront plus tard. Une fois nus, elles les couvrent de tissus fluides, ceinturent leurs tailles. À travers le vêtement se devinent les côtes en forme de bras presque tendus. La courbe des hanches. L'arrondi des mollets. Elles rompent les conventions que les corps connaissent en autorisant les bras, en libérant les pieds. En repliant les nuques. En recueillant doucement les rigidités et en les laissant de côté.

Les jours de chaleur, les leçons ont lieu dans le petit jardin à l'arrière. Hélène, penchée au-dessus du tourne-disque, laisse tomber le diamant sur le rond de vinyle noir. Un grésillement sans timbre retentit, bruit blanc. Et puis les premières notes timides, grinçantes. Entrecoupées de silence. Les murs mitoyens offrent une caisse de résonance aux plus graves d'entre elles, qui tremblent en remontant le long de la brique. La leçon commence. L'héritage d'Isadora s'étend à d'autres corps, anime d'autres articulations. Trois soirs par semaine, elles travaillent à élargir sa portée.

Le reste du temps, elle reçoit des corps cassés dans un cabinet un peu plus loin. Il se trouve dans le quartier des maisons closes, où d'autres encore s'étreignent et se déchargent.

En retrouvant la terre ferme, elle s'était sentie libérée de l'injonction d'être une femme comme une femme devait être, à ce moment-là de l'histoire et à cet endroit-là du monde. Libérée de ce fardeau, mais alourdie du poids des corps qu'elle avait vus là-bas et qu'elle ne pouvait feindre d'oublier. Une nouvelle conviction s'était fait jour. Celle que l'ordre qui régissait les corps en mer – qu'elle avait étendu sans mal à l'entièreté du corps ouvrier, aux gagne-petit, à tous ces corps qui n'étaient pas le sien – engendrait trop d'anatomies brisées. Brisées par les kilos chaque jour soulevés, par les nuits toujours trop courtes, par une soupe chaque soir délayée. Brisées par la guerre, par l'usine qui produisait les armes. Et par les armes qui iraient à leur tour alourdir le dos de milliers d'appelés. La guerre avait esquinté son lot de corps, et elle se rendait compte que la vie hors d'elle n'était pas en reste. Sur l'eau, elle avait étudié ces silhouettes de près. Elle en avait scruté les pliures, les chairs déchirées. Les os limés par l'effort. Les muscles roidis par la répétition. Elle avait voulu les caresser de ses mains douces et épargnées. Soigner les membres désarticulés. Y faire germer la possibilité d'un sourire. Du relâchement.

Ses fiançailles avortées lui avaient cloué une obsession dans le crâne : ne plus jamais dépendre. C'était devenu un mantra, une évidence, depuis qu'elle avait reçu son salaire misérable, le tout premier, au terme de la mission : en gagner encore.

D'abord, elle s'était fondue dans le flot de jeunes filles avalées chaque année par les quelques institutions qui recrachaient, trois ans après, celles qui seraient les petites mains de l'enseignement. Un choix sans vocation. De ses presque mille jours d'école normale, elle garderait l'exaspération des horloges trop lentes à faire passer les heures. Le souvenir cuisant dans la pointe des os des dossiers et des assises en bois. L'amertume qu'il y a à acquiescer aux ordres, à rentrer dans les rangs.

Pourtant, elle avait enchaîné les jours puis les années avec une endurance tenace. Inflexible. Puis elle avait demandé à se spécialiser dans l'enseignement du sport. L'éducation physique, enfin. Faire bouger les corps. Regarder pour mieux les comprendre le mouvement, la poussée, le dépassement. Dessiner les contours de la blessure qui succède à l'effort, au geste imparfait. À l'enchaînement qui tourne mal. Comment l'aurait-elle soignée autrement ? Elle retraçait les chemins sinueux qui menaient tant de corps robustes au rebut, plaquait une logique sur la douleur. Elle apprenait à remonter le fil des craquements pour enfin tirer sur celui qui dénouerait sa toile. Elle cartographiait les nerfs, les tendons, les cartilages. Les chaînes de muscles qui constituaient un bras. La mécanique qui articulait les jambes. Les ligaments, l'emplacement des organes. L'étude avait duré quatre années. Ponctuées d'incursions dans la pénombre des cabinets où pratiquaient professeurs d'éducation physique, infirmiers, masseurs, guérisseurs et autres soignants convertis à – ou du moins se réclamant de – la thérapie par le mouvement. Elle les avait regardés manipuler les corps cassés, toucher peau contre peau les chairs souffrantes venues chercher l'apaisement.

Plusieurs années manquaient à sa connaissance des corps. Du sien en particulier. L'unique corps féminin proche et disponible était mort avant que le sien grandisse et ne la rende curieuse. Sa mère était morte avant de devenir autre chose qu'une verticalité de chair rassurante. À jamais cascade d'odeurs familières. Le tissu le plus doux contre sa peau d'enfant. Les bras les plus chauds. Elle n'avait pas connu ce corps comme celui d'une femme, il lui était resté maternel intégralement. Jusqu'à tard, le puzzle avait manqué de pièces. Elle ne s'était pas posé la question de ce qui la constituait à l'intérieur. De quel organe à quel endroit. Quelle texture sous la peau, quelle amplitude dans une épaule ? Quelle couleur dans les méandres du bassin qui articulait ses jambes ? Bien sûr, la tristesse avait serré son cœur, la peur lui avait cogné dans les tympans. Un coude avait un jour logé une douleur entre ses côtes. Mais s'était-elle demandé de quoi sa rate pouvait gonfler ? Quelle route le coude avait-il brisée dans son ventre ?

Elle avait comblé les creux avec la matière d'une science très précise, technique. Imparable. On la lui montre, on la lui partage. Jusqu'au jour où on lui dit : maintenant, tu sais. Avant ça, on a fait longer à ses mains des empilements de vertèbres, on lui a fait manœuvrer des bassins. Elle a porté des jambes, piloté des corps privés de force. Elle pourrait croire ce qu'on lui dit. Pourtant, la fine feuille de ce qu'elle connaît menace chaque jour de céder sous le poids de ce qu'elle ignore. Le monde qui attend, juste en dehors de son champ de vision. Tout ce qu'elle sait qu'elle ne sait pas. Alors, la danse. Le son. Elle sent bien que la résonance des basses contre son sternum, que le cri perçant des aigus sous son crâne font des choses à la douleur que le mouvement seul ne résout pas. Elle sent confusément, entre la joie que la mélodie lui procure à chaque fois et l'urgence qu'il y a à réparer les rouages, quelque chose se tendre de l'une à l'autre. Isadora fera le reste. C'est comme ça qu'après les corps à réparer dans son cabinet du quartier des vendeuses de plaisir, elle accueille les corps à libérer dans son intimité. Elle alterne. Et elle observe. Elle analyse l'effet de ses manipulations sur le corps des patients, et celui de la musique sur le corps des élèves. Un mouvement de balancier s'installe entre ces deux éléments que rien ne liait auparavant. Comme si la musique, agitant les particules de l'âme, guidait les mouvements du corps et achevait d'en cicatriser les plaies. On dit en sortant de chez elle qu'elle a de la magie dans les mains. Hélène l'appelle souvent ma sorcière.

Ce soir-là, la musique cogne entre leurs côtes et chaque instrument s'ajoute au précédent en couches successives contre les murs. L'endroit tient plus de la cave que de la salle de concerts. Elles sont arrivées ici en lisant un programme qui annonçait l'Asie, les colonies. Le magazine parlait de musique sacrée, elles s'attendaient à des sièges en velours.

C'est Hélène qui le remarque, qui l'aborde. Peut-être à cause de ses cheveux noirs impeccablement coiffés vers l'arrière. Peut-être à cause de la moustache qu'il porte comme un bijou, fine et domptée, taillée pour décorer. Peut-être à cause de la chemise de lin presque entièrement ouverte sur sa poitrine. Ou peut-être à cause de sa peau sombre et des deux langues qu'il alterne – la leur et une autre, inconnue et incompréhensible. Attirante, donc. Après le concert, il rentre avec elles. Elles lui ouvrent la porte mais c'est dehors qu'il s'endort. Sur une chaise, dans le jardin. Il croise les jambes sous une couverture tandis que l'aube rase le mur du fond. Il dit juste avant de s'assoupir : demain, je vous emmènerai ailleurs.

Avec lui, elles entrent dans les bars, les tripots, les troquets. Ils écument à trois les endroits où la musique se cache, là où elle se fait. Il connaît les cabarets, le monde à l'intérieur. Toutes les portes s'ouvrent sur son passage. Elles avaient fendu l'écorce du jour pour en fouiller les recoins. Il leur tend celle de la nuit, et ils la parcourent ensemble. La deuxième langue qu'il parle, qui ressemble à sa peau, cette langue vient d'une île qu'il n'évoque que la nuit, dans la fumée et les vapeurs. Il dit que là-bas, on ne danse pas comme ici. Qu'on y danse mieux encore qu'Isadora. Il dit que là-bas, les gestes sont sacrés, que bouger a un sens. Il dit que c'est minuté. Exigeant. Qu'on met des années à comprendre comment. La nuit, au fil des bribes qui lui échappent moitié dans sa langue, moitié dans la leur, il donne à leurs rêves des motifs d'encens et de distance.

Ça dure quelques mois, leurs entailles dans la nuit à trois. Puis il disparaît, avec son île et son mystère, et sans lui l'envers de la nuit se referme. Elles le surnomment le consul de Java.

Un matin, le journal leur tombe des mains. Un entrefilet surmonté d'une photo. Sur l'image en noir et blanc, la lumière venue d'en haut fait couler une ombre sous les joues, puis du nez au sommet de la bouche. Un petit triangle noir sous la lèvre, au milieu du menton. De part et d'autre de la petite table blanche, le café refroidit dans les tasses. Imperceptiblement, elles sentent l'été qui s'en va. Isadora et sa vie incandescente viennent de s'éteindre sur un bord de Méditerranée. La brutalité d'un foulard qui se prend dans une roue de voiture lancée à pleine vitesse. Le silence pour commentaire.

Les pertes passées ressurgissent, comme chaque fois que la mort frappe. L'écho des coups contre la porte réveille les deuils endormis. La femme moitié idole, moitié déesse s'en est allée. Reste la vie brève. Comptée. Un coup dans la nuque de l'insouciance, alors que le journal à leurs pieds boit l'humidité de la rosée.

Dehors, le ciel étend encore son bleu pâli par le soleil, séché et réchauffé par la chaleur de l'été. Les journées commencent doucement à raccourcir. Elles prennent la saveur mélancolique des fins de saison. Cette fin de journée-là a le goût métallique des fins d'époque. Elles s'asseyent contre l'un des murs qui encerclent le jardin, les genoux sous le menton. Le regard perdu dans les flammes du minuscule feu qu'elles allument en guise d'au revoir. On demande aux arbres de s'enraciner quand on naît, de partir en fumée quand on meurt. Elles se recueillent. Le visage tout près du foyer, elles sentent les flammes leur lécher la rétine. La fumée leur irrite les poumons. Leurs peaux, bientôt, chauffent tandis qu'entre leurs poils se loge l'odeur du feu, de la perte et de l'adoration pour celle qui défia toutes les conventions.

Ce soir-là, elles dansent sans autre musique que le crépitement des flammes, comme pour braver le poids des morts, faire tanguer les fantômes.

Elle pleure dans son sommeil. Elle dit que la tristesse est partout dans ce rêve qui revient. Que ces nuits-là, il n'y a d'issue à rien. Le désespoir lui coule par les yeux au réveil et, avant ça, occupe l'espace jusqu'au dernier mur, au-delà duquel rien n'existe et rien ne se peut. Il lui semble ces matins-là qu'il faut fuir le sol sur lequel la tristesse glisse et s'amasse. Prendre l'eau, trouver une île où le chagrin puisse ruisseler le long des plages, s'infiltrer dans le sable. Une île où la mer tout autour avalerait la masse compacte et toujours ravivée de la détresse.

Hélène dit que c'est à cause de la guerre, que c'est la mort qui revient. Elle dit aussi que l'idée de l'île est bonne, qu'une fois dessus la tristesse s'écoulera sans digue pour la retenir. Qu'elles la regarderont sombrer, que l'eau salée la diluera.

L'horloge au mur, à droite de l'entrée, affiche cinq heures vingt-cinq. Elle dort encore. Hélène est assise sur le sol, à hauteur de son visage, qu'un oreiller avale à moitié. Dehors, il fait déjà clair. Mois de juin, année dix-neuf cent trente et un. Hélène attend. Tout est prêt dans le petit sac à côté d'elle, près de la porte. Trois vêtements choisis avec soin attendent que l'endormie se réveille. La ville est silencieuse. L'excitation étire sur sa bouche un sourire qui ne s'adresse à personne, mélange d'impatience et de joie.

Cinq heures vingt-huit. Elle se redresse avec la délicatesse d'un chat, s'accroupit en évitant les lames de parquet qui la trahissent à chaque fois. Cinq heures vingt-neuf. Elle est maintenant debout tout près du lit, les yeux plissés par son sourire sans destinataire. Elle sourit, elle rigole d'être enfin sur le point de. Ses talons quittent le sol, lui offrant encore quelques centimètres d'élan, et elle se laisse tomber en travers du corps inerte et chaud qu'il faut tirer du sommeil. Elle lui dit de toute la hauteur de sa voix :

– Il est temps d'ouvrir les yeux, pitchouyou, l'aventure commence maintenant !

Elle roule à côté d'elle, qui tente de se remettre de la brutalité du réveil. Qui s'appuie sur un coude et se frotte les yeux. Qui avise Hélène, puis l'horloge au mur. Se laisse retomber sur le lit, la tête entre les plis encore chauds de l'oreiller. Les yeux de nouveau fermés, elle écoute résonner les battements étouffés de son cœur.

– Mais qu'est-ce qui se passe ?

L'horloge sonne cinq heures trente, Hélène laisse échapper un cri.

– Ah ! Elle s'arrache du lit en faisant frémir les draps. Il est l'heure, dépêche-toi, on va être en retard !

Malgré l'aube qui appelle le silence et la hauteur de sa voix qui lui agresse les tympans après le mutisme de la nuit, elle se laisse doucement gagner par son enthousiasme, qui étire à son tour un sourire sur son visage froissé. Elle fait mine d'enfiler une robe quand Hélène s'élance et crie : non ! près du paravent. Elle lui jette l'ensemble, la pile qu'elle a soigneusement préparée pour la journée. S'abat sur elle une pluie de tissus et de questions qu'elle ne formule pas. Elle passe une jupe bleu marine boutonnée sur le devant, une chemise ample à col bateau, de fines sandales vernies, toutes choisies par Hélène, et disparaît dans la salle de bains. Hélène se colle à la porte, la supplie de se dépêcher, elle lui chuchote des indices par la serrure, gratte la poignée du bout des ongles, dévoile des mots-clés. Elle trépigne. Le bois qui les sépare s'ouvre tout à coup et elle est là, habillée, coiffée, immobile et triomphale. Sur le point de s'écrier *tadah !* – mais qui demande, à la place :

– Alors, où on va ?

Les yeux sur le mouvement des aiguilles, attrapant sacs et chaussures, Hélène s'écrie : on part à Java !

Cinq ans qu'Hélène vit là. Qu'elles vivent à deux. La maison ne serait plus maison sans Hélène en son sein. Carmen est réservée, Hélène est volcanique. Elle a pris l'habitude de se laisser porter par ses vagues d'enthousiasme. L'impulsivité sauvage d'Hélène contrebalance ce qu'elle appelle ses rivages noirs. Quand Hélène prononce le mot *Java*, il lui sort de la bouche de la même manière qu'elle aurait soupiré : *enfin !* Comme une délivrance.

Elle lui emboîte le pas sur le palier et tout de suite après, dans l'aube à peine levée et l'écho de leurs talons sur le pavé, il y a la gare, l'engouement des silhouettes sur le quai, le train, la recherche du wagon où deux sièges les attendent. Hélène sort deux tickets, les tend à l'homme en uniforme. Quand le paysage par la fenêtre se met à défiler, les vibrations métalliques des roues sur les rails lui font fermer les yeux un instant. La tentation du sommeil.

Quand elle les rouvre, Hélène lui passe une main sur les paupières :

– Ferme les yeux, on est à Java. Elle ferme les yeux. Regarde-les qui dansent. Regarde les motifs du tissu qu'elles portent et qu'elles traînent, savamment, sans jamais trébucher. Regarde leurs pieds qui frôlent le sol sans le toucher. Leurs pieds qui se fléchissent. Leurs bassins qui ondulent. Regarde comme deux mouvements qui se suivent suffisent à dissoudre les os, à dissoudre la peau, pour ne plus dire rien d'autre que l'animal craintif, que la louve indomptée tapie dans leurs reins. Regarde tous ces corps nouveaux qui apprendront au nôtre. Le khôl à leurs yeux. L'ocre rouge à leurs joues. Regarde dans leurs cheveux, l'or et les perles. Regarde-les bouger, comme un seul corps séparé en plusieurs. Tu sens cette odeur ? C'est l'encens qui brûle, un peu plus loin. Oh, écoute. Derrière la musique, tu l'entends ? Le tonnerre. Aucune lumière ne déchire le ciel, pourtant. Tu vois la montagne au loin ? Regarde les couches de couleur sur son flanc. Regarde le jaune pâle et sa démarcation escarpée. On dirait une estampe japonaise. Regarde au-dessus, la roche blanche. S'il ne faisait pas si chaud, ce serait de la neige. Tu sais ce qui se cache dedans ? Un jour la montagne entrera en transe. Et tout sera gris et ardent. Ce sera l'alerte et les cris. Les bras levés, la précipitation. Les visages déformés par la peur. La cendre dans le vent et dans les eaux. Mais pour l'heure tout est calme. Le sursis. La montagne est encore montagne. Tu sens l'humidité dans l'air ? C'est la pluie qui hésite, qui se condense. Elle attend que la nature l'implore. Que la terre tout en bas se mette à genoux. Que des prières émergent du bruissement des feuilles. Que les fleurs se referment, fatiguées d'attendre. Le ciel souffre et se tend sous le poids de la pluie qui hésite. Il résiste. Et puis il cède. Ça fait un vacarme de foudre et de colère. La terre tremble. Les gouttes frappent les troncs, ruissellent dans le sol. Les branches s'agitent comme autant de bras. Regarde ta peau maintenant. Elle frissonne déjà.

Le train s'arrête et avec lui son bruit de cymbales et de flûte. Sur le quai, la vapeur et les coups de sifflet prennent le relais. Elles y sont. Ce n'est pas Java, ce n'est que l'autre côté de la frontière. Depuis la gare, d'autres rails s'enfoncent sous les boulevards ; elles traversent la ville par son ventre. Quand elles sortent, c'est le bois de Vincennes, dans la lumière vive du début d'après-midi. Ses feuilles vertes caressées par le vent, les confettis de soleil à travers elles. Quelques bancs le long des allées et la foule qui s'y masse.

Hélène sort de son sac un plan. Au cœur du parc : un échantillonnage méthodique de ce que la vieille Europe s'approprie au-delà d'elle-même, dans une ambiance de fête foraine. Des pupilles avides qui croient ou qui ignorent. Qui ne savent pas. La foule comme une bête mord et se sert quand elle regarde. Hélène la prend par la main pour la forcer à entrer :

– Traverse sans regarder, ferme les yeux. Je te dirai quand on y sera.

Des corps la frôlent, la bousculent, ne s'écartent pas. Hélène marche et la tire. Elle sent sa paume moite contre la sienne. Ses pas décidés qui serpentent dans la masse. Et son bras résigné qui ondule à sa suite. Des corps s'immiscent entre les leurs, qu'elle ne voit pas, qu'elle devine.

Quand elle lui dit ouvre les yeux, tout est différent. La matière des murs. Le vernis des tuiles. Le parfum des volutes qui se tordent vers le ciel. Les étoffes sur les peaux. Les pigments sur les paupières. L'or dans l'étang noir qui recouvre les têtes. Le pavillon est grand, la masse qui l'habite, compacte. Le poids de ces corps assèche la beauté. Le bruit, la foule heureuse et la frénésie ambiante l'étourdissent. Trop d'images, trop de sons, trop de visages. Trop de gestes pénètrent son champ de vision, lui entrent dans la tête. Son cœur s'affole entre ses côtes. Elle a chaud et, pour penser, elle doit se parler plus fort. Égrener les mots mentalement en appuyant sur chacun d'eux pour donner corps à une idée. Elle avance machinalement. L'odeur du chaos se répand autour d'elle. L'encens, la chair animale qui brûlent quelque part. La somme des petits gestes involontaires, des petits coups pas faits exprès lui traverse la peau. Des badauds la poussent, elle trébuche, se rattrape. Les petites agressions grandissent et la dépassent. Les visages se fondent et forment une pâte percée d'yeux et de bouches. Hélène. Où sont les siens dans ce torrent de pupilles ? Où est sa bouche ? Hélène a disparu.

Elle tourne sur elle-même, progresse presque en courant jusqu'au pavillon suivant. Elle cherche quelque part la tache rouge de sa jupe parmi les pointillés de couleur et de crânes qui l'entourent. Elle sent sa gorge se nouer, elle a du mal à déglutir. L'air n'alimente plus que le haut de sa poitrine. Hélène n'est plus là. Elle transpire. Pas seulement dans les plis mais sur tout l'épiderme. Une seconde peau de peur moite la recouvre. Nulle part ne se trouve la tache rouge qu'elle cherche. Elle court. Atteint un autre pavillon. Elle s'entend crier son nom. Les deux syllabes fendent le brouhaha un instant. Puis la rumeur enthousiaste reprend. Les badauds redeviennent indifférents.

Quand elle la retrouve, Hélène est immobile, à l'écart de la foule. Assise face à un tableau. Son auteur lui parle, il est debout. Elle s'approche essoufflée, ne distinguant de l'homme et de son œuvre que l'ombre qu'ils dessinent à contre-jour. Hélène ne remarque pas son arrivée. Le peintre ne la remarque pas non plus. Elle reste sur le seuil de la conversation, retenue par une timidité qui traverse les âges. Son cœur se calme, Hélène est là, à quelques mètres. Vivante. Sa peau est encore chaude. Un cœur bat dessous. Devant ces yeux qui se regardent et les mots qui s'échangent. Devant ce dialogue en train de se faire, elle redevient l'enfant cachée derrière la porte, incapable de la pousser. L'enfant qui sort plus facilement qu'elle n'entre. Terrassée par une timidité réchappée de ce temps-là. Elle reste un moment dans l'ombre de l'homme et de son tableau, à l'écouter parler de ce qu'elle devine être Java. Sur la toile, le nacarat des lèvres. La suie du regard. L'or dans l'étang noir des cheveux, encore. Elle contourne silencieusement les taches de couleur et s'assied à côté d'Hélène, sans les interrompre. Elle lui prend la main, sans quitter l'homme des yeux, et elles continuent de l'écouter à deux. Son rythme cardiaque est redevenu normal. La peinture représente une princesse en habit traditionnel. Elle se tient debout, de profil. Un talon au sol, elle semble avoir été surprise au milieu d'un pas, que la toile offre à l'éternité. Un pas de danse jamais abouti, pour toujours tout juste commencé. L'homme fixe Hélène tout en lui parlant de la princesse, quand il se fige et ajoute, sur un ton très différent :

– Avec vos yeux en amande, la finesse de vos poignets... vous pourriez lui ressembler.

La main d'Hélène se resserre sur la sienne. Dans deux crânes distincts, la possibilité d'un ailleurs s'esquisse sans un bruit et prend exactement les mêmes traits.

Depuis leur passage à Paris, la petite phrase chuchotée à l'orée de la nuit résonne. Elle résonne des mystères de cette île, de sa musique dont elles sont folles. Elle résonne d'Isadora, qui s'obstine à mourir chaque jour sur l'encart de journal qu'elles ont accroché au mur.

Depuis l'apparition de cet ailleurs inexploré – maintenant qu'il existe quelque part – elles cherchent et reniflent. Elles creusent jusqu'au tréfonds des tiroirs. Il faut concrétiser cette idée, il faut partir.

Il faut trouver de l'argent.

Hélène connaît la route. Elle sait que c'est du port le plus au nord qu'il faut partir. Elle sait combien de jours, la traversée. Elle sait les détroits, les paysages, les escales, les changements de climat. Elle lui montre là, sur le papier délavé d'un vieil atlas, elle lui montre les ports, les profondeurs de l'eau, les couloirs venteux, les îles abandonnées, les côtes inhabitables. Elle lui prend la main et lui fait caresser le papier à son tour.

– Ferme les yeux, elle dit. Tu sens, ce qui nous attend ? Tu sens frapper la mer contre la coque ? Solide, furieuse. Comme un rocher. Comme une montagne, peut-être. Une eau dure comme le sable, une dune après l'autre, contre le flanc du bateau. Regarde comme on tangue, comme on penche sur cet édifice de fer et de vanité. Regarde-nous valser maintenant, au gré des gifles de l'eau et du vent. Tes doigts se referment sur un cordage, le premier qui te tombe sous la main. Geste réflexe dans la cohue. Ta main blanchit aux articulations. Bientôt, l'adrénaline sature le réseau de tes veines. Elle décuple tes forces. Ton cœur bat à te sortir par la bouche et le souffle te manque. Plusieurs jours déjà, que le roulis emporte la nuit, que le sommeil nous fuit. L'épuisement assouplit nos corps, ils encaissent mollement chaque choc, s'enroulent autour. Accueillent, souples et faibles, chaque secousse de la tempête. C'est la pleine mer, c'est l'océan. Il n'y a personne. Pas d'humains, pas de lumière. Aucun phare. Il fait noir. Nous sommes seules et le vent siffle ses menaces, crache son fracas, et il n'y a rien, absolument rien à faire. Attendre. Ne pas lâcher le cordage. S'épuiser, peut-être. Quitter la conscience, déserter la pensée, mais ne pas décrisper les mains ; confier au corps, aux os, à la peau la mission de tenir, de serrer même si on dort, même si la force manque, même si on ne voit plus, on n'entend plus, on ne sent plus, même s'il ne fait ni chaud ni froid, même si l'eau perd sa substance, même si elle se transforme en gaz dans notre inconscience. Et quand on rouvre les yeux, quand on recouvre un centimètre après l'autre nos sensations, qu'on découvre nos peaux recouvertes de sel et d'embruns, parcourues de frissons, nos mains toujours agrippées au cordage, quand on sent à nouveau la douleur acide que laisse la peur dans les articulations, quand on reprend notre souffle, conscientes alors qu'on ne respirait plus, on voit. On voit le ciel redevenu pâle, la mer redevenue plate. On sait la catastrophe et le double miracle de l'avoir vécue sans en être mortes.

Elle s'y rend seule et de mauvaise grâce. Il n'a jamais pris la peine de le formuler, mais elle sait qu'il désapprouve à peu près tout : ses mains sur d'autres corps, la musique dans le sien, les leurs chaque jour et chaque nuit sous le même toit. Il trouve incompréhensibles ses choix et elle se demande : qu'en aurait-il pensé si j'avais eu autre chose entre les jambes ? Car depuis la mer, elle sait que c'est de cela qu'il s'agit. Il y a en elle quelque part une chose qui détermine non ce qu'elle est, mais ce que son père en pense.

À quand remonte le gouffre ? Quelle pelletée infime a inauguré l'abîme ? Elle cherche l'instant, l'événement qui aurait cristallisé la fêlure dont ni l'un ni l'autre ne prononcent le nom. Leur séparation tacite. Quelle seconde exactement a logé en son sein et emporté dans le néant des secondes passées la complicité qui les unissait l'un à l'autre. Elle sonne, se disant que l'affection s'est peut-être émiettée discrètement. Effritée, anonyme, au gré de moments anodins : des portes trop souvent franchies et, entre, des intervalles allongés.

Sur le pas de la porte, elle regrette presque l'absence de charnières. L'inexistence d'un instant de bascule, d'une fracture nette et traumatique dont le craquement reste en mémoire, même après l'apparition du cal osseux. D'un non-événement, on ne peut rien comprendre, rien reprocher. On ne répare rien.

Si la porte s'ouvre, s'il se trouve derrière, si elle ne cède pas avant à l'envie de faire machine arrière, ils partageront une soirée, un dîner auquel elle s'est elle-même invitée. Dans son ventre des mots qu'il faudra gorger de souffle, choisis, préparés. Elle veut prendre un bateau, traverser très exactement deux océans, trois mers, deux golfes, et certainement un canal ou deux. Et elle veut qu'il lui prête l'argent. Mais pour traverser les mers, pour traverser les océans, pour qu'il lui prête l'argent, il faudra sortir les mots du ventre, les gonfler. L'interroger, dire s'il te plaît. Se plier à son bon vouloir. Devenir débitrice.

La douceur du quotidien pourrait être une bonne raison de ne pas le faire, de rebrousser chemin. Rester là où elle est, renouveler le maintenant dès demain, et encore le jour suivant. Danser, regarder Hélène, soulager les êtres de passage entre ses mains. Arpenter la ville, les yeux rivés aux façades immobiles. Retourner dans les cafés, au cabaret où les emmenait l'étranger, le consul de Java comme elles l'appelaient, peut-être serait-ce assez. Remplir ses poumons du froid tranchant de l'hiver quand il reparaîtra. Des choses à sa portée. Suffisantes. Mais le suffisant suffit rarement.

Il est tout juste dix-huit heures, les briques dehors chauffent encore sous le soleil. Il y a une année, peut-être un peu moins, qu'ils ne se sont pas vus. Suffisamment de temps a passé depuis qu'elle a quitté cet endroit pour s'y sentir étrangère quand elle revient. Chaque fois, la même impression s'installe, presque désagréable, de régresser vers un point de départ qui ne lui manque pas.

Ils marchent l'un derrière l'autre vers l'intérieur frais de la maison qui appartient désormais à une autre histoire. Elle sait qu'elle n'en fait plus partie aux détails qu'elle croit découvrir, qu'elle a oubliés.

On entend la mesure d'une horloge quelque part, qui fait tomber chaque seconde de manière grave : toc – silence – toc – silence – toc. De la grosse eau qui filtre à travers une gouttière. Un balancement triste et monocorde.

Une griffe régulière dans le disque du temps.

Il a refait sa vie deux ans plus tôt. À l'annonce du mariage, elle avait pris le parti de ne pas en faire un drame. À force de la feindre, l'indifférence était devenue sincère. Elle avait assisté à la cérémonie, saluait la nouvelle épouse avec politesse quand elles se croisaient, s'était abstenue de commenter leur différence d'âge. Cela avait changé le père en homme, et la fille en affranchie.

Un inconfort léger, impalpable, habite la pièce alors qu'ils s'attablent tous les trois. Sans doute lié au manque d'habitude, aux gestes qu'il faut inventer pour imiter l'aise. Aux questions que l'on n'ose pas poser.

Le dessert arrive et elle n'a toujours pas parlé de la mer. Elle les regarde l'un et l'autre tour à tour. Leur trio offre un tableau convenable en tout point. Convenable à l'excès. Les bras appuyés sur la table un peu au-dessus des poignets. Les couverts comme il faut dans l'assiette. Les bouches propres. Les verres encore remplis de vin. Le dîner va se terminer, englué dans son trop-plein de convenance, sans que l'image des océans à traverser ne l'ait quittée un instant. Sans, pourtant, que les mots aient trouvé un ordre dans sa bouche. La peur de passer, avec cette envie plus grande que la table, à travers la gaze tranquille de leur bonheur à deux têtes. La peur aussi des mots qu'il choisira pour réagir. De ce que ça gâchera. De l'irrémédiable. L'importance est telle qu'elle n'envisage les choses que sous l'angle du grave, du très, du drame. Les océans cadrent mal avec les murs sages de la salle à manger. Ils ne s'accommodent pas de la normalité du dîner. De la taille des pièces. De la largeur des esprits. Quelque chose va se briser, finir en morceaux. Il faudra balayer en repartant.

Aucun geste ne suit les encouragements silencieux qu'elle se formule. Son corps tout entier, à commencer par sa bouche, reste figé dans une brume hésitante, imprécise. La peau de son visage prise dans un plâtre immobile et sec. Aucune amorce ne lui semble bonne. Il faut que la table soit vide, que les assiettes aient été débarrassées, que le ramasse-miettes ait labouré la nappe pour qu'elle se lève et dise :

– J'ai le projet de partir.

Il pose les yeux sur elle, toujours assis.

– Ah oui. Il laisse une, deux secondes goutter de l'horloge. Et partir où ?

Maintenant, il faut aller jusqu'au bout.

Après Java, après la danse sacrée, après le temple et la musique – qu'elle a gardée pour la fin, parce qu'il y est sensible, et que sa femme aussi –, après les rythmes inconnus, les cordes pincées différemment, les partitions à déchiffrer, quand enfin elle aborde la question de l'argent, le père marque un temps d'arrêt. Il la regarde sans bouger, la peau du visage à son tour prise dans un plâtre, dépourvue de réaction.

Il quitte la pièce.

Machinalement, elle passe et repasse avec la pulpe de l'index sur l'ongle du pouce, auquel elle trouve une irrégularité. Assise à table, dans le silence du départ de son père, elle inspecte l'ongle au toucher. Ses mains sont moites. Elle n'a pas besoin de regarder pour savoir qu'il faut lisser, lisser à tout prix la surface irrégulière. Alors elle l'attaque avec l'ongle de l'index, devenu outil, qui rabote celui du pouce jusqu'à ce qu'il soit lisse. Le long de sa courbe il faut que tout soit égal et sans accroche. L'ongle rabote. La rognure laisse une arête rêche, râpeuse. Alors, entre le pouce et l'index de l'autre main, elle pince les unes après les autres les fines épaisseurs d'ongle qui dépassent et les tire sur toute la longueur. Jusqu'à la matrice. Un petit coup sec détache la fine lunule blanche. Par acquit de conscience, elle passe le doigt le long de la cuticule, la repousse jusqu'à former une parenthèse translucide à la base de l'ongle. Elle repousse sans regarder, les mains sous la nappe, juste au toucher. L'ongle diminue sans atteindre la régularité escomptée. Un morceau de peau est de nouveau repoussé à sa base et saisi entre les doigts de l'autre main, qui désirent l'arracher à leur tour. C'est sans fin. Les ongles éliment la peau d'abord le long du tégument, là où épiderme et kératine se rencontrent. Le lambeau s'épaissit à mesure qu'elle tire dessus. Ce n'est plus seulement de la peau, ce n'est plus juste une épaisseur transparente, c'est maintenant épais de plusieurs couches. Les ongles maintiennent leur prise. Elle tire. Elle sent qu'elle va se blesser, mais elle tire quand même. Le lambeau ne se désolidarise qu'au prix d'un morceau de chair emporté. La plaie qui succède est d'abord beige, puis prend la couleur du corail, devient rose : des gouttes de sang perlent au milieu de la lymphe qui suinte. La douleur est acide, salée, vinaigrée. Le lambeau de peau est presque lourd entre ses doigts, la douleur a un poids. Elle a mal. Elle regrette. Elle fait rouler le morceau de peau entre son pouce et son index et le laisse tomber au sol, qui grince un peu plus loin sous les pas de son père. Elle presse la pulpe sur la plaie pour dissuader le sang de couler. La sueur de sa peau moite fait réagir la chair à vif.

Quand il revient, il tient sous l'aisselle, entre l'intérieur du bras et le flanc, un porte-documents en cuir légèrement craquelé aux extrémités. Elle se dit – elle se demande bien pourquoi elle pense ça – qu'il va se désagréger et laisser une poussière brune sur sa chemise.

Il le dépose sur la table et lisse la nappe tout autour. Du plat de la main, à plusieurs reprises, comme pour dessiner un encadrement de tissu sans plis autour du papier. Cherchant à son tour les mots pour annoncer ce qu'il veut lui dire. Peut-être est-ce l'émotion. Ou peut-être qu'il renonce. La maison tout entière retient son souffle. Aucun son ne sort.

Avec des gestes lents, il tire quelques feuilles jaunies par le temps. Un temps d'avant la guerre, d'avant la mort de sa mère. Un temps qui, ce soir d'été et de paix, lève doucement le rideau de l'oubli. Il y a une maison, un peu plus loin dans la ville. Elle porte son nom. C'est écrit là, dans le noir sur le blanc. Des lettres d'avant-guerre sur un fond un peu beige, et le cachet d'une administration. Un cadeau de ta mère, il dit. Les loyers… sur un compte… à son nom aussi. Pas vendre, bien conserver… le marché, pas opportun. Plusieurs fois le mot *patrimoine* revient. Elle s'attendrait presque au mot *dot*. Et puis, dans un soupir qui ressemble à une capitulation, il lui tend la liasse de papiers et lui signifie, pour couper court aux questions, que le dîner est terminé.

Quand elle rentre ce soir-là, elle dit :

– On part le mois prochain. Sauf si tu refuses.

À hauteur des Cornouailles, les mains autour de la bouche pour faire porter leur voix, elles crient aux corps noués, imaginent les herbes blondes et couchées par le vent. Lisses comme le verre. Puis se penchant sur la carte, elles suivent du doigt la distance parcourue. L'humidité gondole l'itinéraire. Elles tendent le nez sur ce qui les attend. Il y a eu le cap Finisterre, la force surnaturelle des éléments, le dessin des courants à la surface de l'eau. Les avis changeants de l'océan.

Il y aura l'étroitesse de Gibraltar, l'écho mélancolique de ses fantômes. Tunis, Cagliari, Tripoli.

Depuis dix jours, le paquebot entaille le globe. La proue sous ses pieds fend l'eau – et les supplications de son père avec. Les loyers sur le compte ont payé la maison à l'arrivée. Ses mains soignent l'équipage pour financer la traversée. Elles ont réussi. Pour y croire, elle doit le voir. Recueillir les sons, les embruns et les couleurs, habiller la réalité d'aubes et de sensations. Elle se rend chaque matin tout à l'avant et regarde un long moment la proue du bateau, l'eau qui s'écarte comme on ouvre une fermeture-éclair, sa dentelle blanche sur la crête des vagues, sur les vallées de flots noirs qui s'étendent aussi loin que porte son regard. Les bourrasques comme des poings dans les côtes, des claques au visage. Elle en sort les joues rougies par le froid et les cheveux emmêlés. Il faut des heures aux doigts d'Hélène pour les dénouer.

Sur les photos qu'il reste de la traversée, on la voit qui sourit. Souvent accoudée au bastingage, sur un fond d'eau qui ne finit pas. Pour qu'Hélène crève l'écran, pas besoin d'un mouvement qui s'étale sur trente-six plans. Un seul suffit. Son visage anime l'immobilité de l'instantané.

Sans ordres qui retentissent, sans filets à charrier d'un endroit à l'autre jusqu'à s'en lacérer les paumes, avec du vent dans les cheveux – c'est-à-dire : les cheveux longs –, les premiers pas sur le pont sont étranges, semblables aux premiers qu'on fait sur terre après une longue virée en mer. Ils sont mouvants, irréels. Des pas auxquels on n'ose pas se fier. À bord, la matière du temps semble plus élastique, elle dépose son corps dedans. Lui reviennent les rives rêvées dans son habit d'homme, le fantasme d'une société nouvelle. De mettre le cap sur Java, elle sent la taille du monde s'agrandir encore un peu sous la mer. Son imagination s'étirer. Elle laisse flotter les images entre les quatre murs de leur cabine au gré du clapotis des vagues. Flottent aussi les images vides, les contours qu'à dessein elle refuse de remplir. Elle a bien une idée des couleurs, du timbre des instruments. Mais elle sait aussi que les images qu'on dessine à l'aide des pigments que l'on connaît mentent. Qu'elles sont toujours un demi-ton à côté ou en deçà de la réalité. Elle entrevoit le tissu vierge qui sépare ce qu'elle imagine de ce qui l'attend réellement ; il a la couleur des nuages par beau temps.

Pour la première fois, elles sont vraiment seules. L'eau a dissous les chaînes de l'autorité, défait les liens que tissent les familles aux poignets. Pour qu'Hélène puisse voyager, il a fallu l'émanciper. Elle est devenue sa tutrice. Sa mère sur le papier. Parfois elle rit seule dans le noir à l'idée qu'autour d'elle, tout tournoie. Tout semble à inventer. Les hoquets partent du ventre et secouent son diaphragme, sursauts de jubilation. Fendre l'inconnu, en faisant l'économie de la peur parce qu'elle ne s'y jette pas seule. Hélène est là et tant qu'elle sera là, tout ira.

Elles parcourent en marchant ce navire presque vide qui sillonne les océans. Chaque jour, elles prennent de minuscules photos d'elles-mêmes pour fixer sur pellicule la liberté qu'on ressent quand on n'a plus d'aînés, plus de pays, quand on met le cap sur l'Asie. Le temps de la traversée, elles n'appartiennent qu'aux pellicules qui s'accumulent. Un hublot leur offre une lucarne sur la mer, la nuit, la lumière, le cri des oiseaux, le pas pressé des matelots qui résonne un instant dans le vide, avant d'être avalé par les vagues. Ça leur suffit. Et puis elles courent se cachent miment passent des journées entières sans oui, sans non, jusqu'à ce que l'une d'elles oublie et prenne une punition. Hélène force en elle l'enfance qui s'était dérobée, elle la chatouille, elle ronronne au creux de son cou, éclate de rire sans raison.

Elle dit : force-toi aussi. Alors elle calque son rire sur le sien et deux accès de joie leur traversent le ventre presque au même moment.

Quand la nuit tombe et couvre leur peau de frissons, elles tirent sur elles une couverture de laine. Dessous, sous la peau qu'elle forme par-dessus les leurs, comme une barrière contre le soir, elles laissent leur chaleur se mélanger jusqu'à ce que l'air autour des corps soit plus chaud que les chairs à l'intérieur.

Quand elles atteignent Java, la mousson s'essouffle mais imbibe encore le sol, l'air, les murs et les corps. Dès le port, il faut s'habituer à inhaler l'eau que l'air contient. À trouver quand on la frôle sa peau moite et collante. À sentir sous ses doigts rouler les poussières qu'elle retient. Apprendre à éviter les flaques qui vous avalent les jambes jusqu'aux genoux si l'on n'y fait pas attention. Plus tard, il faut maîtriser ses mains pour ne pas les laisser labourer les parcelles de peau percées par les moustiques et boursouflées de venin. Il faut se faire les yeux à l'obscurité des corps, à leur grâce différente, l'oreille aux nouveaux bruits de la nuit, aux contours d'angles et de courbes de la langue qu'elles découvrent. Il faut se faire à l'épuisement qui advient de cela. Les premières nuits sur l'île sont longues, qui succèdent aux précédentes, blanchies par les étoiles et l'impatience de la traversée. Le soleil dicte l'heure du coucher et celle où on se lève.

Le courrier qu'elles transportent est plié en trois dans une enveloppe cachetée. Une enveloppe de grande valeur, un cachet de grand prestige. Le courrier offre et exige. Il offre une recommandation auprès du kraton de l'île et il demande en retour un récital pour preuve de l'apprentissage, ainsi que quelques instruments pour le musée de la ville. C'est le courrier qu'elles transportent qui amène au port de Java ce jour-là deux représentants du huitième sultan pour escorte. On les fait monter dans un train et prendre place dans un compartiment où les sièges sont de cuir, de bois et de cuivre ; où de grands ventilateurs créent avec le concours des fenêtres un courant d'air au parfum de luxe ; accentué, le courant d'air, par les allées et venues du personnel en uniforme entre les rangées. On les traite comme des dames. Comme des personnes importantes qu'il convient d'entourer d'égards. Toujours à cause du courrier. Quand elles comprennent ça, il leur faut beaucoup d'efforts pour endosser le rôle qui va avec. Elles avaient soif de gens, d'art, de culture, de gestes et de mélodies. Une soif de désert, brouillonne, urgente, sans manières. Qui jure avec les gants blancs et les éventails qu'on agite devant elles. Elles comprennent. Pour la première fois depuis l'autre côté des mers, elles enfilent un habit de façons. Tendent la main quand on fait mine de vouloir la leur baiser, laissent d'autres mains que les leurs pousser les portes qui précèdent leur entrée, d'autres encore laver les vêtements de la traversée. Elles comprennent que c'est cela aussi, cela surtout, les colonies : laisser faire d'autres mains que les leurs.

C'est le premier soir. Elle marche sous des arbres aux fleurs sans nom. Des mains se tendent face à elle, qui attendent qu'elle les serre. Des mains blêmes qui semblent la connaître, alors qu'elles lui sont étrangères. Les mains blanches s'approchent, confiantes, comme si d'autres mains blanches ne pouvaient répondre que par l'empressement. Elles savent et se resserrent sur les siennes. Il faut marcher loin des mains, s'en retrancher. Elle joint les siennes dans le dos. Joint les doigts de l'une aux doigts de l'autre pour les rendre parfaitement indisponibles aux poignées qui attendent inlassablement une réponse. Elle marche dans le jardin immense, cherche le mur qui en marquera la fin sans le trouver. Un pas après l'autre : les premiers dans le palais, au hasard du soir qui tombe. Jusqu'à une toile tendue, debout comme elle. Une toile blanche à laquelle le feu derrière donne la couleur du papier. Traversée d'ombres aux contours un temps nets, un temps flous. Les mouvements de l'ombre ont la légèreté d'Isadora, celle des flammes qui dansent en érodant le bois.

Les personnes devant la toile ont en commun le silence de leurs bouches et la concentration de leurs yeux. Elles sont immobiles, presque inexistantes face aux ombres projetées. Les yeux suivent chaque mouvement sur la toile, forment ensemble un spectacle en miroir. Elle muselle sa bouche et concentre ses yeux pour se fondre en eux, en elles. Les chorégraphies sur la toile font résonner les jeux d'ombres et de lumière du manque et des souvenirs. Elle devine un récit dont elle ne connaît pas la langue. Elle n'est plus que ses yeux et la faible vibration entre la peau et le muscle. Sans doute la nouveauté y est-elle pour quelque chose. Sans doute n'aurait-elle pas été capable de voir de cette manière chez elle, le spectacle eût-il été le même. C'est que de ne rien connaître, il n'y a que cela à faire : laisser la beauté opérer, s'y résoudre.

Il ne s'est pas passé plus de quelques heures depuis l'arrivée au port. Mais déjà les formes, les attitudes, et maintenant ce drap tendu de lumière, font mentir ce qu'elle savait de ce qu'on nomme chez elle les colonies. Il fait nuit désormais. La lumière que diffuse le lin a la couleur des étoiles. Tout autour est d'un noir ininterrompu. Elle pense à la clarté des nuits chez elle, aux rues brouillées de halos jusqu'au jour. On entend un feu crépiter quelque part. L'air est doux, à la température de la peau comme l'eau tiède d'un bain. Leur toute première soirée s'achève doucement, les ombres ont cessé d'animer la toile. Demain, elles commenceront les leçons.

Le premier son qui se glisse jusqu'à elle provient du rythme saccadé des gouttes contre le verre. Le raclement presque humain d'un palmier contre le montant de la porte. Comme si les plantes ici avaient des ongles.

Elle s'extrait silencieusement des draps fins qui lui donnent déjà chaud. Autour d'elle, la luminosité poussiéreuse des matins prématurés. Le rotin est tressé en étoile. Chaque meuble comme une ombre circonscrite à ses contours. Il n'est pas encore cinq heures. Loin derrière le bruit blanc de la pluie et les griffes des arbres, elle devine des cris dans une langue qui n'est ni humaine, ni familière. Des oiseaux, des insectes, autant de couches sonores et vivantes se superposent dehors. Certaines puissantes et rauques. D'autres aiguës à fendre un crâne. Le ciel est gris comme une nuit pas tout à fait finie. Elle se lève sur la pointe des pieds, qui collent légèrement au sol. Il faudra s'habituer à l'humidité. Dans la chambre d'à côté, Hélène dort encore profondément. Sa jambe blanche et parfaite dépasse du coton, le même que celui dont elle sort. Elle ouvre un œil, comme si le regard de l'une avait été trop lourd pour le sommeil de l'autre. Arrivée contre elle, sous le drap elle chuchote : on est à Java. Elle répète : on est à Java. Sa peau pourtant a la même odeur qu'avant. Tout juste amplifiée par la chaleur et l'humidité de l'équateur.

Hélène se retourne. J'ai chaud. Elle le dit avec comme une plainte dans la voix. Le poids de la chaleur, pas prévue et si peu connue avant.

– Tu verras, nos corps s'habitueront. On ne sentira plus le chaud, on aura froid la nuit. Comme tout le monde ici. Lève-toi, le jour est déjà haut.

Elle ouvre la fenêtre et les cris qui résonnent dehors augmentent d'un cran.

La pluie a cessé. Seule demeure une fine couche d'eau sur les pierres qui dessine un chemin dans la mousse. Le bruit des gouttes que le vent déloge en bousculant les arbres s'ajoute aux piaillements des oiseaux. Trois notes aiguës sortent des becs avec une régularité mécanique : noire – noire – blanche. Derrière la porte qu'elles s'apprêtent à ouvrir, de la pierre noircie par l'humidité et une végétation dense.

Le palais leur semble immense et sans logique dans son dédale de murs et de portes. Comme réchappé d'un pan d'histoire révolu : ses peintures vertes, les sculptures dans le bois, les tuiles luisantes, tout ça sorti des mers de l'oubli. Dans la pièce où elles arrivent, où on les mène, une table dressée les attend. Elles s'asseyent, sans savoir quel geste réaliser, où poser les mains. On verse dans deux timbales une poudre noire, aux reflets roux à la lumière du jour. Puis un filet d'eau fumante qu'on arrête à mi-hauteur et qu'on abandonne là. Petit fond de boue ébène dans des gobelets de cuivre. Quand un second filet d'eau achève de les remplir, la boue devient blonde à la surface. Alors le mélange prend une odeur que la chaleur diffuse. La fumée qui s'échappe fait monter aux visages la terre brûlée, les grains noircis puis broyés. Elles saisissent leurs cuillères de concert. Quand le couvert touche la mousse, prêt à mélanger, résonne dans leur dos, dans leur langue, et sans la moindre trace d'une autre :

– Cela ne se boit pas ainsi. Je vous déconseille de mélanger, ça deviendrait imbuvable.

Dans l'encadrement de la porte, svelte et grave, l'homme les fixe. Son visage n'est pas hostile, simplement neutre. Un rempart de cuir infranchissable entre lui et le monde. Il dit encore : on va commencer. Puis il disparaît sans les attendre ou les inviter à le suivre. Elles le suivent tout de même dans le dédale de portes et de couloirs.

Dans le temple, à leur intention, deux sièges vides près de l'estrade. Avant d'apprendre, se rendre compte. S'asseoir avec ceux qui ignorent ou qui profitent. Se mêler aux profanes, même si la peau de leur visage ne ressemble pas à la leur. Se fondre en eux néanmoins, cesser d'être soi autant que possible pour ne plus être que deux paires d'yeux parmi d'autres. Sur le côté, l'orchestre égrène ses premières notes. Rondes comme des perles de verre. Lente cadence du son qui s'élève et se rompt comme des bulles de savon. Sur le sol de marbre poli, dix-huit pieds nus se mettent à bouger comme un seul. De petits pieds menus et bruns, dix-huit fois parfaits. Les danseuses sont coincées quelque part entre l'enfance et ce qui lui succède, leur taille ceinturée neuf fois d'écharpes colorées : du rouge, des fils d'or, qui tressaillent et augmentent le mouvement de leurs hanches. Les poignets, dix-huit fois ornés d'or et de grelots, tintinnabulent en rythme, instruments parmi les autres. Et puis l'homme qui n'était autre que grave quelques minutes plus tôt apparaît au centre. Il porte l'habit traditionnel. Celui qu'elles connaissent, qu'elles ont vu dans les livres, cent fois décrit dans les conférences. Il n'est plus grave, il est étranger. Absent. Tout entier mouvement. Alors seulement, Hélène comprend. Qui il est. Tout ce qu'il doit lui apprendre. Tout autour des dix corps, des lampes à huile posées au sol diffusent une lumière ocre qui se reflète sur le marbre. Elle tranche avec le ciel d'encre des jours d'orage. Les ombres mauves qui traversent les nuages indiquent qu'ils pourraient céder à tout moment, que la pluie n'attend que cela pour reprendre. Le mysticisme de l'instant tient peut-être à la lueur des flammes dans l'huile qu'elles consument. Au ventre rougeoyant des braises qui fument. À l'électricité dans l'air et au courant froid qui s'engouffre entre les colonnades. Ou peut-être simplement aux vibrations. Celles qui lui résonnent maintenant dans le plexus et couvrent sa peau de frissons. Il y a l'effet que lui font ces accords dans leur habitat naturel, ces accords qu'elle n'avait entendus que distordus par la réplique, qui élargissent encore les horizons de l'harmonie. L'homme craquelle lentement son ouïe jusqu'à gagner son regard, se coule dans la musique comme deux gouttes se rejoignent pour n'en former qu'une le long d'une vitre. Il n'est plus humain, il n'est plus faillible. Il se glisse entre chaque verticalité sonore, s'épanouit dans chacune d'elles. Il s'évapore, s'installe partout et nulle part. Son corps s'efface, il disparaît. Seuls restent ses gestes. Les mouvements millimétrés qui lui font fendre l'air avec la légèreté d'une lame. Seules restent la tension de ses muscles, la retenue et la précision de leurs tressaillements.

Les doigts quittent les cordes, les notes s'éteignent progressivement. Quand le silence reprend possession de la salle, l'homme fend le marbre vers elles. Et dans un français toujours impeccable leur dit :

– Je m'appelle Tjetje Somantri, mais vous pouvez m'appeler Tedjo. Je serai votre professeur.

Il dit *vous*, mais ce sont les yeux d'Hélène que ses yeux fixent.

Elles chérissent la petite maison qu'elles habitent. Les rares placards ont avalé le contenu des malles comme autant d'objets qui leur appartiennent désormais. Une fois vides, on les a rangées à l'abri des regards, comme pour empêcher la résurgence d'un avant. Comme pour annuler, aussi, la possibilité d'un retour. Elles se sont installées dans cet endroit transitoire comme on investit un foyer pour la vie. Sans retenue. Maintenant, il faut familiariser les corps aux murs et à leurs matières nouvelles, au sol dur, aux meubles rares et bas. Deux bancs de bois et de corde de part et d'autre d'une planche posée sur quatre sphères sculptées dans le bois. Deux chambres nues. Une bande de terre entoure l'habitation et, au-delà, un mur délimite le jardin. Après lui, c'est la colonie.

Il faut fouiller la langue méticuleusement pour y élire des mots à intégrer au langage partagé. Dès que possible, avaler la phonétique de l'inconnu et serrer autour leurs bouches peu habituées. Syllabe après syllabe, exercer les lèvres, la langue, les joues, les mâchoires et les dents aux formes nouvelles.

Très vite, leurs journées trouvent un rythme. Elles observent et écoutent pendant que le soleil monte. Elles pratiquent jusqu'à ce qu'il se couche. Hélène quitte la maison à l'aube. Carmen y reste, regardant chaque matin la porte se refermer derrière elle. Le rai de lumière qui rétrécit puis disparaît dans l'embrasure de la porte, désormais close. Alors se déploie la tentation de la réclusion. Le bonheur des mal-taillés pour le monde. Celui qu'il y a à le regarder, ce monde, par la fenêtre entrouverte. À créer quelque chose, un lien peut-être, avec les irrégularités du sol, le grain des murs. Le bonheur qu'il y a à circonscrire ses journées aux angles de la pièce, aux lignes des portées. Au ventre arrondi des notes. S'exilant du connu, de ce qui la définissait à plusieurs océans de là. Maintenant que tout autour n'est plus qu'un infini dehors, elle se recroqueville sur le dedans. Dedans les murs. Dedans les notes. L'intériorité pour voyage. Où d'autre résonne la musique ? Quand la pluie cesse enfin, elle regarde le linge sécher sur le fil tendu dans le jardin. La démarcation entre le sec et le mouillé progresser sur le tissu. Une ligne de fuite parmi d'autres.

À l'infini, Hélène scrute. À l'infini, elle répète les mêmes gestes minuscules, fait bouger les mêmes doigts, contorsionne la même cheville. Des heures durant elle reproduit, jusqu'à ce que son corps parvienne à ne bouger que par oscillations. Quand le ciel est noir, elle va la chercher et elles regagnent ensemble la petite maison. Elles déposent chacune leur fatigue dans le silence, tamisent les lumières pour inviter la nuit. Elles s'endorment. Au bout du sommeil, une nouvelle journée les éveille, baignée d'encens, de cordes pincées.

Elle ne soigne plus de corps, le voyage est tout entier consacré à apprendre la musique, deviner son mystère, portée par portée. À regarder son amie danser, aussi. Adossée à un mur, dans un coin du temple. Elle aime sentir contre chaque épaule un bras de l'angle. Derrière elle, rien de possible. Tout est devant. Ses yeux et la pierre autour comme seuls témoins autorisés au sacré. Quelles étaient les chances de se retrouver ici, un pied profane dans la pratique ancestrale, tentant chaque jour de s'accorder à sa beauté ? Elle se sent comme l'enfant qui porte un secret trop grand : ravie et intimidée par la valeur et le poids. Il arrive qu'elle songe à la maison, celle d'avant. Elle se représente en pensée ses amies dans l'ombre de leurs maris, son père déjà vieux et son épouse encore jeune. Alors elle mesure, elle compte chaque centimètre qui la sépare, ici, entre ces deux murs en angle droit, des chemins balisés qui l'attendent ailleurs. Qui l'attendront encore.

Parfois, un léger vertige referme la main sur ses entrailles à l'idée de ne plus faire partie de rien. À cette pensée, son regard quitte le lointain où rien n'attend. Il s'accroche à Hélène, qui braque le sien sur Tedjo. Quelque chose se dénoue dans son ventre.

Tant qu'Hélène est là, chaque vertige en vaut la peine.

Il ne faut que quelques pas pour passer de la maison au temple. Du présent aux confins du passé, ressuscités par les gestes millénaires que l'un répète inlassablement pour que d'autres les apprennent. Gestes du très profond, tirés jusqu'à la surface du temps. Hélène n'est pas la seule à regarder. Autour d'elle, les mêmes dix-huit pieds qu'à son arrivée. Elle est la dixième élève. Ou peut-être la seule. Les autres sont parentes, princesses. Dépositaires futures de l'art sacré. Sacrifiées à lui avant d'être nées. Elles n'ont pas les pieds au même endroit de la matrice, pas les mêmes pigments dans la peau. Ni la même histoire dessous. Hélène est là pour rassasier sa curiosité, vivre une passion. Les neuf autres embrassent un destin. Le choix les départage.

Et puis, la langue comme une barrière. Les regards comme une blessure. Elle n'est pas la danseuse parmi les danseuses qu'elle s'était imaginé devenir. Elle est l'étrangère. Elles ont dans la bouche des chants qui ne sont pas les siens. Qui enlacent la musique, rendent l'art de cette danse accompli. Elle les écoute et elle se dit : nous n'avons pas le même archer dans la gorge.

Elle les envie. Elle leur en veut.

Les semaines se succèdent dans le calme que l'apprentissage demande, dans la retenue que l'ignorance impose. Hélène voudrait, mais sa peau reste blême. Sa voix reste la sienne. Elle ne se fond pas. Elle a raison : elle n'a pas le même archer dans la voix. Elles ne sont jamais dix face au maître. Mais toujours neuf, et elle. Le rejet lui fait comme un orvet dans le cœur.

Lasse, elle s'abîme dans les yeux de celui qui sait. Elle imite ses gestes et sonde dans son regard la satisfaction. Elle ne compte pas ses efforts. Alors, les progrès suivent. Le rejet grandit. Elle ne cherche plus la mesure dans les corps autour d'elle. Elle la vérifie dans le regard du maître. Un haussement de sourcil lui rétracte l'estomac. L'ébauche d'un sourire le dilate. La satisfaction comme une obsession. Elle délaisse son journal, ses repères, le langage partagé. Seule compte la danse. Il faut y arriver. Elle ne se laisse pas le choix. Alors, elle y arrive. Ça prend du temps. De rejetée, elle devient rejetante. C'est le revers du progrès : on s'autorise le mépris.

Carmen observe cela de loin, quand elle se rend au temple le soir. Ce qu'elle voit : neuf paires d'yeux tournées vers la dixième, qui s'isole. Des regards qui voudraient, et la curiosité qui se retient. Des paumes qui s'approchent quand la chorégraphie l'autorise, et se retirent sans avoir osé. Dans leur hésitation, elle retrouve la sienne d'avant le visage familier qu'elle lui a dessiné. Quand il était encore anonyme, paré d'inconnu. Quand il l'intimidait tant. Elles connaissent les peaux blanches. Mais des peaux blanches qui dansent comme ça, qui dansent comme elles, c'est la première fois. Neuf danseuses et la dixième, qui ne se comprennent pas.

Le soir, il faut à Hélène du temps pour quitter l'immémorial et revenir, brassée après brassée, à la surface de leur espace partagé. Alors seulement, elle se lève et se love contre elle. Alors seulement, elles s'endorment en serpents.

– Tu sens mon cœur battre contre ton dos ?

– Oui. Il bat en un temps et demi : une longue, une courte. Et ainsi de suite.

– J'ai rêvé qu'un enfant tombait de très, très haut. Un minuscule enfant. Je le voyais tomber et je ne pouvais rien faire. Il allait s'écraser. Il était si petit. Un bébé. Il tombait de si haut que le sol allait se fissurer. L'impact m'a réveillée.

– Comment ça, « coupées » ?

Ça lui sort sur ce ton-là. Sans réserve, sans vernis. D'un seul souffle qui cisèle cinq syllabes acérées. Il a semblé surpris. Une question comme un coup. C'est le premier. Avant ça, tout avait toujours été poli, doux. Ciré.

Hélène redemande. Cette fois sa voix tremble un peu. Elle aimerait en contrôler le timbre, mais quelque chose dans sa trachée s'est rétracté, amenuisant le conduit où passe l'air quand on l'expulse. Déglutir devient douloureux. Ça lui pince les cordes, ça enferme sa voix dans des habits d'émotion. Ça tranche avec le ton qui dominait, juste avant. Il cesse de sourire. Les petits plis bourrelés qui lui divisent les paupières en trois se sont envolés autour des yeux. Il répète sa phrase, dans un français qu'Hélène n'a plus envie de comprendre. Il dit : oui, elles sont coupées. Et comme elle n'a toujours pas envie de comprendre, elle dit : mais vous n'êtes pas musulmans. Pour toute réponse, il lui oppose son regard. Deux billes fixes surplombent une bouche aphone, un nez aux narines contractées. Ça semble durer des heures. Le silence se poursuit, la punit, lui durcit la ceinture abdominale. Elle attend qu'un mot sorte et fasse voler la tension en éclats. Mais rien ne se passe, le silence persiste. On n'entend que le bruit de leurs pas, la terre qui crisse et devient poudre sous leur poids. Elle aimerait reprendre ce qu'elle vient de dire, le ravaler. Elle se sent idiote soudain. Elle ouvre la bouche sans savoir exactement quoi dire pour se rattraper quand il l'interrompt, le regard perdu dans la boue rouge et crevassée à leurs pieds :

– C'est la tradition qui veut cela, pas la foi.

Son ton s'est encore durci. Il relève les yeux et les risque dans les siens. Alors, elle voit. La terre se reflète dans l'iris. Du rouge et du brun. Elle sent très distinctement son estomac lui tomber dans le bassin tandis que la conscience prend acte. L'eau de son corps se retire. Elle est sèche à l'intérieur. Sa tête se change en craie : elle la sent s'effriter. Hors de son corps, l'hostilité. La terre a la couleur du sang séché. Elle voit des lames, entend des cris. Elle voit des doigts de femmes et des sexes bruns, barrés de cicatrices roses et enflées. Elle voit tour à tour le visage de celles avec lesquelles elle danse chaque jour, et celui des toutes petites filles qu'elles devaient être quand c'est arrivé. L'effroi appelle l'effroi. La petite fille qui avait fui la Crimée, qui avait vu le sang rougir la neige dans les pays qu'elle traversait, la petite fille et son effroi enfoui depuis longtemps reprennent corps dans ce pays de douceur, dont la chaleur ferait fondre toutes les neiges souillées du monde. Elle voit des lames chauffées à blanc s'abattre sur des morceaux de chair fins comme des ailes de papillon. Elle pense aux viandes exsangues qu'on découpe crues dans les cuisines. Elle sent leur résistance sous le couteau, qui oblige à affermir sa prise, une main sur la chair filandreuse, l'autre sur le manche. Elle sent la lame aiguisée passer à travers.

Elle frémit en imaginant la matière plus résistante, proche du ligament, qui s'oppose à l'incision. La matière du clitoris qu'on décapite. Elle sent la cicatrisation cuisante entre ses jambes. La brûlure de l'urine sur les plaies. Une douche glaciale lui traverse le corps du haut vers le bas quand elle imagine les femmes qu'elle côtoie chaque jour grimacer en marchant, parce que le mouvement tire sur l'entaille. Où met-on ces bouts de chair une fois coupés ?

Ils marchent en silence l'un à côté de l'autre, elle ne sait pas quoi faire d'autre. Ce n'est pas lui qui tient la lame, ce n'est pas lui qui les entaille, elle se répète. Elle tente d'organiser les sentiments qui l'assaillent, d'apaiser la rage qui la suffoque, mais c'est à son visage que sa colère s'accroche. Au visage qu'elle a tout de suite trouvé beau. Qu'elle s'efforce de lire depuis des mois. Dont chaque trait la révulse désormais.

Exaltée une heure plus tôt d'être enfin seule avec lui, elle porte maintenant sa présence comme un fardeau. Elle marche un peu en avant : tout son poids sur le dos. Elle aimerait qu'il reste où ils se trouvent, près du filet d'eau qui zigzague dans le lit sec et crevassé de la rivière. Que son poids s'allège derrière elle. Elle aimerait marcher seule. Pendant une heure qui lui semble durer le triple, elle continue de marcher, les lèvres soudées l'une à l'autre. Arrivés à la ville, ils se séparent sans rien dire. Il regagne ses quartiers et elle tente de garder un pas mesuré jusqu'à la petite maison.

Quand elle entre, Carmen lit, allongée sur le banc de corde, un tissu roulé en boule derrière la nuque. Elle pose son doigt sur la page et lui jette un sourire silencieux, avant de reprendre sa lecture. Hélène s'adosse à un mur face à elle et se laisse couler au sol. Elle dit, les yeux rivés au mur d'en face :

– C'est normal qu'on ne danse pas de la même manière. Nos corps sont différents.

Elle pose son livre et se redresse. Hélène ajoute :

– Des oiseaux sans ailes.

Les larmes sur son visage redessinent son portrait à l'encre de Chine.

Le lendemain, des couteaux la traversent. La pointe des lames la tire du sommeil par le bas-ventre. Ses organes, d'ordinaire indolores, existent soudainement. Elle sent leur volume sous la peau. Vessie, urètre, vulve, lèvres – elle connaît les noms parce que Carmen les lui a dits. Boursouflés de vaisseaux dilatés. L'afflux de sang s'y concentre et crispe, à chaque contraction des muscles associés, les fibres, les nerfs. Alors qu'elle se redresse, la nausée installe en elle son roulis acharné. Il fait chaud. Des frissons la parcourent dans le jour à peine levé. Sous ses bras, l'eau qui perle est acide, gorgée de toxines. Elle gagne la salle de bains rudimentaire et s'assied sur la cuvette. Le début de la miction soulage. La fin manque de lui arracher un cri. Les couteaux de la veille lui lacèrent le ventre et coulent entre ses jambes.

Pour la première fois depuis leur arrivée, elle n'ira pas danser.

Elle se sent loin, subitement. Chaque kilomètre entre ici et chez elle forme un anneau de fer. Une chaîne longue comme plusieurs océans se tend entre cette pièce et les gens qui l'aiment. Dans l'écarlate de son ventre, elle éprouve l'injustice d'une île qui entaille les corps qui lui ressemblent, l'isolement de son corps douloureux, impuissant. Elle le berce pour tenter de l'apaiser, fredonne une chanson sans paroles pour faire vibrer la peau sur les os, brouiller les signaux.

Pas de musique ni de pratique, la porte de la maison reste close. L'une avec sa douleur, l'autre avec ses caresses. La bonne élève qui sommeille en elle craint confusément les remontrances, le blâme du professeur. Pourtant, ce n'est pas lui qui se présente en début d'après-midi.

Elle s'appelle Indah. Elle s'appelle Mawar. Elles apportent un mélange de langues, un peu de chacune des leurs, mais aussi celle du pays qui occupe. Des mots qu'elles jettent comme des ponts pour n'en dire qu'un : l'inquiétude. Et le prénom d'Hélène. Des gestes aussi. Ce qu'il faut pour faire langage. Alors, elle emprunte pour leur répondre cette langue dépourvue de paroles, met la main dans la pâte des termes qui manquent et façonne de quoi dire. Elle mime, elle explique dans le silence, faute de connaître les mots qui expliqueraient. Indah et Mawar entrent. Les yeux grands ouverts, les mains écarquillées, prêtes à toucher, sentir, comprendre. La réclusion bat en retraite. L'extérieur passe le pas de la porte. Elle surprend du plaisir à cet échange fait de creux et de contournements. Au chevet d'Hélène, recroquevillée sur le banc, leurs paumes osent enfin ce qu'elles s'interdisent depuis des mois. Elles couvrent ses épaules, caressent ses cheveux. Des mots circulent à nouveau d'une bouche à l'autre, sans décider d'une langue unique pour s'exprimer. Puisant dans toutes, opportunément. Elles tendent à Hélène un verre d'eau en répétant deux fois le mot *important*.

Quand Indah et Mawar reviennent, elles ne sont plus deux mais quatre. Huit mains pour prendre soin. Un mariage d'arômes les précède : cardamome, niaouli, benjoin. Elles posent devant Hélène deux carafes et six petits pots de cuivre. Dans chaque carafe, une décoction différente. Dans le cuivre, des herbes, des baies, parfois de l'huile, des morceaux d'écorces. L'un d'eux se renverse et des étoiles de badiane se répandent au sol. On dirait des araignées qui s'échappent. Dans le sixième, elles pilent, broient, écrasent, mélangent. Sur leurs mains enduites d'huile, elles déposent une partie de la poudre. Contre le ventre d'Hélène, c'est comme du sable qui exfolie. Le reste du mélange est jeté dans l'eau chaude puis versé dans un verre. Secret, elles répètent en souriant. Après le passage de leurs mains, la peau reste rougie.

Jusqu'au soir elles massent, préparent, mélangent. Tendent des verres d'eau fumante et parfumée. Hélène se laisse faire.

Cette nuit-là, la petite maison abrite six corps. Les danseuses veillent en sentinelles. Au matin, l'odeur n'est pas la même. Le mélange de la nuit, des souffles et des plantes chasse le parfum du calvaire. Quelque chose se répare dans son ventre. La petite fille retourne à la glace.

Les mois passent, la saison sèche se réhydrate. Sous l'auvent de la petite maison, elle sépare en trois la chevelure d'une femme qui doit avoir deux fois son âge, en glisse le premier tiers sur l'épaule droite, le deuxième sur l'épaule gauche, et laisse le troisième lui couvrir les vertèbres. Derrière elle, Hélène enfonce ses doigts comme les dents d'un peigne depuis le sommet du crâne jusqu'à la nuque. Des frissons recouvrent sa peau d'écailles. Les cheveux devant elle dévalent le dos jusqu'à l'endroit où il s'articule pour asseoir les jambes. Des cheveux de jais, raides comme des bâtons, que ses longs doigts blancs s'amusent à nouer entre eux. Les doigts caressent, démêlent, tricotent. La pluie s'écrase en syllabes régulières sur le toit et s'écoule en sillons épais à leurs pieds. La journée d'étude est terminée, et avec elle les titres ou les rôles à occuper. Elles ne sont plus ni élèves ni domestiques. Ni musiciennes ni danseuses. Ni d'ici ni d'ailleurs. Elles tressent leurs différences, mèche après mèche. Glissant ses doigts blancs dans les cheveux noirs des autres, leurs doigts bruns dans la chevelure blonde d'Hélène. Asymptotes qui se rapprochent et se frôlent, sans jamais se toucher.

Un an sur l'île. Hélène a appris. Elle sait, désormais. Elle dit souvent : il m'a révélée. Elle pense qu'il a inscrit dans son corps les mouvements millénaires et qu'il a insufflé la précision à ses gestes. Le jour où elle est devenue *serimpi*, il l'a prise dans ses bras. Au contact de son torse, il a fallu réprimer un tremblement.

Carmen aussi a appris. Les notes et les portées lui semblent moins abstraites. Elle a trouvé la logique derrière. Leur colonne vertébrale. La réclusion a payé. Aussi, la réclusion l'a sauvée. Sauvée du récit des conquêtes autochtones, des hiérarchies sociales, de l'entrelacs des relations de pouvoir, des riens du tout chez eux proclamés rois de Java, du règne d'indifférence de ces monarques qui se bornaient à prendre leur nouveau royaume de haut, du toujours trop ou du jamais assez dans leurs bouches avides et insatisfaites. Que faire ici, si l'on ne se sent pas l'âme d'un insulaire ? Si l'on n'aime ni la chaleur, ni la mousson ? Elle envie la capacité d'Hélène à passer outre. À surmonter, imperturbable, creux de vague après creux de vague. Chez elle, la colère reste.

– J'ai rêvé que j'habitais là où j'ai déjà habité.

– Chez nous ?

– Mais je ne reconnaissais ni les rues, ni les façades. Je voulais rentrer chez moi mais plus j'avançais, plus je m'éloignais. Les rues devenaient chemins, la ville devenait village. Des branches de jasmin m'empêchaient d'avancer. Je dérivais d'essayer de rentrer, comme quand on s'épuise contre le courant. Il fallait à tout prix que je cache la folie de mes pas, qui cherchaient une adresse effacée.

L'île a été balayée toute la nuit par les vents. On craignait une tempête. Ce matin-là, les plantes bondissent de gauche à droite, puis de droite à gauche autour de l'axe de leurs tiges, sans discontinuer. Montées sur ressorts. D'invisibles postillons se cachent dans les bourrasques, il faut fixer son regard sur une tache sombre et immobile, sur un coin de sol ou sur un mur, pour les voir refluer à l'horizontale, au rythme irrégulier des quintes de vent. Partout, le ciel gris rend l'eau verte. Dix-huit mois qu'elles sont ici, six mois de plus que prévu.

La lettre était arrivée trois mois avant l'échéance initiale, au neuvième de leur présence. Elle connaissait l'écriture qui étirait l'encre noire en lettres fines, mais ne l'identifia pas immédiatement. Ce n'était celle d'aucune de ses correspondantes habituelles.

Celle de son père. Neuf mois sans nouvelles.

Un décès, s'était-elle dit en retournant l'enveloppe. Mais pas le sien, manifestement.

Elle avait peur de déchirer la lettre en déchirant l'enveloppe, cela ralentissait ses mouvements.

Elle tira fébrilement la feuille pliée en deux. Le contenu de la lettre tenait sur son recto : il avait une bonne nouvelle.

Il écrivait : Je désire t'annoncer la naissance de mon fils.

Elle avait vingt-huit ans. Son père avait cessé d'être son père quand il était redevenu un homme. Elle avait cessé d'être sa fille pour devenir elle-même. Et puis il s'était offert un fils, impatient peut-être qu'elle n'ait pas encore d'enfant.

Quand elle eut reposé l'enveloppe sur la table, puis la lettre sur l'enveloppe, elle posa sur Hélène un regard vide. Quelques secondes de silence se dilatèrent dans la pièce avant qu'elle ne propose :

– On pourrait prolonger notre séjour ? Sauf, évidemment, si tu refuses.

Hélène n'avait pas refusé. Elles étaient restées.

Le temps pour Hélène de voir sa passion pour le maître reprendre des proportions normales, de ménager en son for intérieur un peu de place pour la fascination, et de pouvoir vivre avec sans déborder.

Les heures, par dizaines chaque semaine, par centaines chaque mois, qu'elle avait passées auprès des neuf princesses aussi, avaient porté leurs fruits. Des fruits de complicité dans la différence. Elle s'était faite à l'idée de ne jamais devenir ni comme elles, ni d'ici. Elle avait renoncé. Alors seulement était-elle entrée dans la chorégraphie sans devoir forcer. Alors seulement la chorégraphie avait-elle habillé chaque partie de son corps en retour. Jadis rugueux et crispés autour du désir de faire bien, ses mouvements étaient devenus fluides, guidés par l'instinct plutôt que par l'imitation. Ils avaient épousé la musique, et la tradition les avait adoptés.

Le temps pour elle de féliciter son père et son épouse. Sur un recto et un verso, elle leur avait écrit une vérité et un mensonge. Ses vœux pour l'enfant étaient sincères. Le délai qu'elle inventait dans la livraison des instruments ne l'était pas. Il ne servait qu'à recouvrir de nécessité les six mois supplémentaires qu'elle avait passés sur l'île. Comme souvent quand on s'arrange avec la réalité, la réalité avait rattrapé les arrangements. Les commandes avaient réellement pris du retard, les six mois s'étaient transformés en neuf.

La date du retour était arrivée, et les malles avaient été ressorties. Elles les avaient remplies d'odeurs, de vêtements traditionnels, de petites gravures. On avait refermé les placards la gorge nouée. Il y a quelque chose de plus douloureux à partir qu'à arriver. Deux bateaux quitteraient bientôt l'île. L'un avec leurs deux corps à bord, qui ferait plus d'escales qu'à l'aller, étirerait encore la découverte en longueur, diluerait la douleur. Le second avec une centaine d'instruments et trois petites marionnettes de carton peintes de rouge, de vert et de noir. Articulées aux membres par des ficelles et montées sur baguettes. Elles ne révélaient leur beauté que derrière un drap blanc tendu de lumière.

Elles arrivent par le train de dix-sept heures trente-cinq. Le soir a déjà entamé sa descente sur la ville. C'est en tournant la clef dans la serrure qu'elles prennent conscience que c'est long, dix-huit mois loin de chez soi. Il y a bien la lame de plancher près du lit, un peu plus sensible que les autres, qui craque toujours quand on appuie son poids dessus. Mais pour le reste, l'appartement semble étranger, neuf. Remis à zéro. Elles en ressortent aussitôt.

Dehors, elle cherche à quoi lui fait penser l'odeur des vêtements qu'elle a perdu l'habitude de porter. Enfouissant le nez dans son écharpe, elle la reconnaît : l'odeur de la laine imbibée de pluie, l'odeur de son pays.

Demain, elle rencontrera le fils de son père.

Dans la salle, l'éclairage faiblit. De profil, elle rejoint son fauteuil au deuxième rang. Elle se faufile entre dossiers et genoux. L'index et le majeur sur son poignet droit, elle compte et se demande si son cœur va tenir le coup. Si ça s'entendait dans le micro, si ça se voyait à travers sa peau.

L'obscurité est redescendue le long des murs, elle recouvre les crânes. Seul reste au milieu de la scène un halo de lumière. Un cercle blanc au sol dans lequel la poussière danse. Le titre de la conférence annonçait « Danse et théâtre à Java ». Au-dessus à droite, son nom et son prénom. Au-dessus à gauche, ceux d'Hélène. On a applaudi longtemps ce qu'elle avait tenté de dire de la musique. Maintenant, alors que les dernières paumes claquent les unes contre les autres dans son dos, que leurs claquements sont avalés par l'obscurité, elle pense : attendez de voir Hélène.

Les premières notes se posent sur ses paupières. Les lui ferment. Les mains ne claquent plus derrière elle. On les dépose sur un ventre, sur une cuisse, peut-être sur la main d'un conjoint. On s'éclaircit la gorge avant que la musique ne monte en puissance. Des notes aiguës et courtes, pressées de heurter le plafond, s'élèvent d'un côté de la scène. Aussi légères que les premières gouttes d'une pluie d'automne. Des notes qui font sourire en s'écrasant contre les feuilles. Puis en résonnent d'autres, désordonnées et longues, pile de l'autre côté. Des notes soufflées, des notes pincées. Des notes frappées contre les peaux tendues. Des notes en cascade, qui se précipitent vers la fosse, puis se ravisent. Des notes qui créent la surprise et rebondissent sur le sol. Puis s'amenuisent. Le cercle de lumière au centre s'agrandit. Tous en même temps, les instruments retiennent leur souffle, le silence étend ses bras entre deux secondes. Et Hélène apparaît. Nimbée de lumière. Plus belle, lui semble-t-il, qu'elle ne l'a jamais été – elle qui l'est pourtant si souvent. Des dentelles d'or et de pierres dans l'étang blond troublé d'ondée de ses cheveux. De fines plumes de métal de part et d'autre du visage. Remontés haut sur chaque bras, des bracelets s'enroulent en serpents. Une étoffe d'eau et de feu lui corsète la poitrine, une ceinture de métal marque sa taille. Le tissu s'arrête au niveau des chevilles, c'est par là que le spectacle commence. Son corps se fait araignée, démultiplié. Ses bras battent, comme autant de cils, au rythme des yeux qui regardent. Le déroulé d'un ventre, creusé par des côtes qui s'écartent. Son cœur, comme des coups de poing contre la peau. Cette soirée devant eux pour dire dix-huit mois sur une île.

Quelques jours plus tard en Allemagne, Adolf Hitler inaugure un Reich qui doit durer mille ans.

LA GUERRE — 1943-1945

Il y a des squelettes vivants et qui dansent.

Charlotte Delbo

À la radio, cela fait cinq ans qu'on donne la météo. Le bulletin a lieu, chaque matin rigoureusement le même : une voix venue du nez, comme retenue la gorge serrée, décrit ce que l'on sait. Qu'il fait froid, chaud, qu'il pleut. Parfois qu'il fait beau. Ensuite, la voix dans la radio annonce un morceau de musique. Et la musique commence. Ce sont toujours des mélodies choisies avec soin. Des morceaux joyeux. Des berceuses pour la journée. Pour endormir les instincts. Aux informations, on parle d'une usine de la région. On diffuse des messages publicitaires. Pour du cirage noir et nourrissant, qui fait durer les chaussures plus longtemps. Pour du savon de Marseille que l'on produit ailleurs.

On ne parle pas des déportations à la radio. On ne parle pas des Juifs. On ne parle pas des morts. On parle de l'effort de guerre, de l'effort tout court. On parle de courage, de force, d'honneur et de fierté. On parle de frontières. On dit il faut, on ne peut faire et penser que comme ça. On sort le patriotisme des musées, des archives, des greniers de chaque maison. Les ondes dépoussièrent le souvenir. On annonce Schubert, et c'est Schubert qui passe. On annonce Mozart, et c'est Mozart qui passe. Cela dure cinq minutes, parfois plus. Puis un autre morceau débute. Et ainsi de suite. On sait, quand on écoute la radio, qu'on ne sera pas surpris.

Elle est loin, l'internationale de la libre pensée qui s'étendait comme une tache d'huile après la Grande Guerre. Loin le plus jamais ça. Lavé à grande eau par la propagande militaire. Il reste bien quelques avis divergents, serrés comme des poings autour de quelque chose d'autre. On les aperçoit çà et là, avant qu'une porte ne claque. On entend, couvertes par les grésillements, des voix qui pensent différemment. Qui chuchotent des idées inaudibles ailleurs.

Pourtant à la radio, c'est comme si la guerre n'avait pas commencé. Comme si l'ennemi ne s'était pas installé en quarante. On ne parle pas de l'avion qui s'est écrasé à la frontière, ni des plans d'invasion qu'on trouve à côté des cadavres de l'équipage. Quand on change de fréquence, ce n'est que pour changer de musique. On passe du jazz au classique. Les rythmes varient mais les publicités restent les mêmes. Les propos policés aussi.

Au début, ça lui a semblé appartenir à quelqu'un d'autre. Elle continuait de se lever le matin, d'aller travailler, de faire ses courses. De se préparer à manger. Tout au plus dormait-elle un peu moins. Elle n'était en guerre contre personne, lui semblait-il. D'ailleurs, elle ne voyait personne la lui faire. Cette guerre n'était pas sa chose. Cela se passait loin, dans le pays où Hélène vivait désormais. Cela se passait dans les lettres qu'elles s'échangeaient, oui. Mais pas dans son quotidien. Ici, elle continuait d'enseigner la danse, d'aider des corps étrangers à s'articuler. Et rien, ou si peu, n'avait changé.

Hélène s'était mariée un peu après Java. Elle avait changé de pays dans la foulée. Cette année-là, le sol avait tremblé. Il avait fallu se séparer. Défaire une à une les coutures faites à la main. Rompre chaque point liant sa peau à la sienne. Elle n'était pas partie un objet après l'autre, comme elle était arrivée. Elle avait tout emporté en une fois : ses affaires, son odeur, sa lumière. Tout pour son époux, désormais. Elle n'aime pas penser comme ça, mais elle le pense parfois. Déserté par l'une, l'appartement avait embrassé le destin qui devait être le sien : la seconde l'avait abandonné aussi. À son tour, elle avait déposé, un objet après l'autre, ses affaires dans un nouvel endroit. Elle avait trente-quatre ans. Elle emménageait avec deux femmes. Il fallait bien ça pour combler le vide qu'Hélène avait laissé en partant. Les deux femmes étaient plus âgées qu'elle, ça la rassurait. Ça lui convenait de ne plus être l'aînée. D'occuper la place qu'Hélène avait tenue auprès d'elle. Elles s'écrivaient toutes les semaines, et Hélène revenait passer un mois chaque année. C'était une condition qu'on ne s'était pas donnée, mais qu'on respectait comme une évidence ou une nécessité. C'était tacite. Son mariage les avait désincrustées du corps de l'autre, mais les cœurs restaient ce qu'ils avaient été. Leur langue continuait d'être parlée, de s'enrichir de leurs vies, même désolidarisées. Un homme, une frontière n'y feraient rien.

Elles étaient trois, donc, dans ce nouvel endroit. Un grand appartement, trois pièces en enfilade sur deux étages, six en tout. Le soleil filtrait d'un côté le matin et se couchait de l'autre le soir, c'est ce qui l'avait décidée. Elle n'avait pas voulu quitter la ville, résistant aux sirènes du mimétisme, alors que toutes autour d'elle se mariaient comme des mouches, partaient s'asphyxier à la campagne. S'embourbaient dans les périphéries. Elle poursuivait une ambition contraire : ne surtout pas s'extraire. Rester tout contre le cœur battant du centre. Ne jamais connaître les nuits tout à fait noires. Trouver le calme entre ses murs, mais battre au rythme de la foule de temps en temps. Elle aimait s'y glisser, anonyme parmi les anonymes, et saisir au vol des bribes d'intimité. Un parfum. La lumière d'une fenêtre nue sur le soir. Le verbe et le complément d'une phrase dont le reste se dérobe. Elle était restée là où elle avait toujours habité, dans la chaleur d'une ville apprivoisée.

Elle avait parfois l'impression d'évoluer dans une matière plus calme. Moins de rivages noirs à l'horizon. Elle s'interdisait de tenir l'apaisement pour acquis, on ne change pas une nature inquiète. Mais elle tentait de profiter de la trêve.

Elle avait fait son deuil physique d'Hélène. Son regard s'habituait, un mur après l'autre, à ce nouvel espace, à ce nouveau quartier. À ses nouveaux bruits. Son père prenait de l'âge, mais ce fils imprévu semblait tenir la vieillesse à distance. Des élèves venaient remplir ses cours de danse, et des patients son cabinet. Elle savourait l'accalmie.

Elle imagine que c'est la sorcellerie qu'on prête à ses mains qui les mène à elle. De nouveaux blessés apparaissent dans sa salle d'attente avec au corps des douleurs nouvelles. Des blessures qu'elle n'avait jamais vues avant. Leurs corps amènent la guerre entre ses murs, et des blessures que personne n'est fait pour recevoir. Ils racontent les armes, les éclats d'obus. L'anatomie du conflit. Les morceaux de chair estropiée confient leur souffrance, implorent ses mains de les soigner, et ses mains obtempèrent, soignant les effets de la haine à même leur peau. Elle sut, alors, à quoi ressemblaient les autres, nombreux, innombrables, la chair à canon qui ne parvenait pas jusqu'à elle. L'immense majorité dont on ne parlait pas. Celle qui pourrissait de l'autre côté des barbelés.

Elle se mit à observer par-delà les peaux. L'extérieur se parait d'autre chose. Elle vit les comportements changer. Cette foule anonyme qu'elle connaissait si bien muer.

L'Institut national de radiodiffusion, qui n'a pas encore dix ans, sabote ses émetteurs en désertant ses locaux. Discrète rébellion face à la vague grise, verte, brune qui déferle, silencieuse, sur le pays. Des voix tentent bien de s'élever, ici ou là. Mais on les entend peu. Il faut coller l'oreille aux portes, scruter les trous de serrure, ou bien recomposer dans les silences. Retourner un mot sur son envers. Les *Heil Hitler* récités occupent l'espace de toutes parts, saturent le son et l'image. Percent les tympans, qui ne doivent plus entendre rien d'autre après cela qu'un larsen éreintant et ininterrompu.

La méfiance s'installe, semant la solitude partout dans les maisons, dans les commerces, dans les administrations. On ne sait plus à qui l'on s'adresse, ou si peu que l'on s'abstient. Elle respire pour parler mais se ravise avant que l'air ne se charge de son. Elle commence à se sentir seule.

Trois années, elle piste les voix dissidentes. Trois années, les arrestations, les déportations et la misère croissante lui soufflent de continuer.

En quarante-trois, elle ne les compte plus, les amies juives, artistes, engagées, les voisins, les inconnus qu'elle a perdus, avalés par la vague. Alors, lasse de chercher sans les trouver, elle les implore de venir à elle. Elle chuchote l'envie – le besoin, elle dit – d'engagement à qui veut bien l'entendre. Elle concède volontiers la part d'égoïsme que cela recèle, la part qui la ferait se sentir moins impuissante, moins inutile. Voisine d'une oreille à laquelle elle a confié sa détermination, une bouche lui répond enfin.

Elle n'entrerait pas dans une résistance éclatante. Elle ne transporterait pas d'armes, ne confectionnerait pas de bombes. Elle n'attaquerait personne. Et elle ne sauverait personne non plus. Elle ouvrirait simplement sa porte.

On dit qu'il existe en ville une machine construite dans le secret des garages. Forte à la fois du savoir d'une poignée d'hommes et de leur désaccord avec le tournant que prend l'Histoire. Une machine illégale, réplique d'autres machines, elles légales, mais détruites. La machine est précieuse et se déplace d'un lieu à l'autre, où elle reste un peu moins d'une heure. De ces endroits dont l'adresse est tenue secrète, la machine diffuse des messages au-delà des frontières. Chaque semaine, l'endroit d'où elle émet change. Il en existe six à travers le pays. Chacun doté d'un ou d'une propriétaire acquise à la cause. Ces derniers doivent, outre cela, savoir faire preuve de discrétion et n'avoir, de préférence, ni enfant, ni personnel de maison. Chaque endroit, enfin, doit disposer d'une installation électrique suffisamment puissante pour alimenter la machine. Elle coche à peu près toutes les cases. Elle ouvre donc sa porte une fois par mois, brouillant le tracé des frontières. Aidant les ondes à les traverser. La machine entre chez elle, accompagnée d'un homme sachant la manier. On la lui a remise au coin d'une rue, dans une valise, quelques minutes avant qu'il ne sonne. Elle referme la porte derrière lui. Une deuxième fois, la sonnette retentit. Une deuxième fois elle ouvre la porte. Quelqu'un entre, se poste à la fenêtre et ne dit rien. Elle referme la porte. En contrebas, deux personnes guettent l'arrivée des voitures de repérage ennemies. Si l'une arrive, les sentinelles de la rue adressent un signal à la sentinelle de la fenêtre.

Pendant quinze minutes, l'homme souffle à la machine ce qu'elle doit porter jusqu'en Angleterre. C'est l'émission. Pendant trente minutes ensuite, la machine lui chuchote ce que Londres répond. C'est la réception. Pendant quarante-cinq minutes, donc, elle observe. On ne peut pas dire qu'elle écoute. Ni qu'elle comprenne vraiment.

Elle ouvre sa porte la toute première fois en mai de l'année quarante-trois. Ne sachant pas la taille de la machine, ne connaissant rien à ses exigences techniques – faut-il l'installer près d'une fenêtre ? Les ondes traversent-elles les murs ? Quelle prise serait la plus commode ? – elle ne prépare rien. L'homme à la machine pénètre dans le cabinet tel qu'il est. La valise dans la main droite, le bras tendu sous son poids, il balaie la pièce du regard. Il ne dit rien, il analyse. Ça dure cinq ou six secondes. Puis il pose la valise au sol et s'avance au centre, un plan invisible caché derrière les yeux. Il pousse la table de soins contre un mur, près de la prise : il posera l'émetteur dessus. En la saisissant, il soulève une extrémité plus que l'autre, peut-être parce que son bras droit est engourdi par le poids de la machine qu'il vient de déposer, peut-être parce qu'il ne fait pas attention, la table bascule légèrement tandis qu'il la pousse et l'un des pieds heurte le plancher. Il y laisse une égratignure de quelques millimètres de profondeur. Une entaille dans le sol, presque au milieu. Sans s'y arrêter, il prend la chaise près du bureau et la traîne devant ce poste improvisé. Aucune patrouille ennemie n'est repérée. L'émission se déroule. La réception se déroule. À la fin, Londres sait, et Londres a parlé. Tout le monde peut rentrer chez soi, rendez-vous le mois prochain. Et ainsi en juin, en juillet, et en août.

Il lui arrive d'avoir peur, bien sûr. Mais le secret, la clandestinité lissent les traits. Derrière le masque de la normalité, elle ressent l'angoisse caractéristique des petits face aux grands. Des individualités face au système. Parfois, quand elle referme la porte, elle goûte une forme de jubilation qui frôle la rage. Le frisson caractéristique d'un corps qui se dresse et qui refuse. Celui que connaissent ceux qui, au terme d'une longue maturation, parviennent à dire non. Quelque chose de solide et stable, proche de la fierté. Elle savait que ce n'était pas grand-chose, que d'autres prenaient de véritables risques. Que certains jouaient leur vie pour en sauver. Il en était question pendant les réunions clandestines. C'était contre la prudence d'en parler, mais ces soirs-là, l'envie de donner corps au groupe pesait plus lourd que les précautions. Deux fois, elle y avait participé. C'était au début de l'été. Elle avait rencontré d'autres résistants. Elle s'était fait une amie parmi les silhouettes anonymes. Elle avait tout de suite senti qu'elles s'entendraient. Elle s'appelait Charlotte.

La dernière semaine d'août, elle s'était rendue chez Hélène.

Elle rentre chez elle un jour avant septembre. C'est encore l'été mais ça fait quelque temps que les années ont perdu leurs saisons. Elle rentre directement à l'appartement, sans repasser par le cabinet. Passant d'un cocon de confiance à l'autre. D'Hélène aux deux femmes qui partagent sa vie. De son côté de la frontière au sien. On est dimanche. Demain, le bal des patients reprend.

Lundi, la rue est pareille aux autres jours, calme et recroquevillée. Les façades sont muettes, les portes unanimement fermées. Sauf la porte arrondie et bordeaux à quelques mètres. Celle de l'immeuble où se trouve son cabinet, aux fenêtres arrondies aussi. La porte bâille, entrouverte, comme si elle était morte. Ça donne à la façade un air navré. À l'intérieur, des formes carrées, tordues, renversées. Des papiers épars, du bois brisé. Le rez-de-chaussée est ravagé. On a tapé dans tout. Dans les murs, dans le sol. On a forcé les serrures. Dévissé les ampoules. L'adrénaline, rapide et froide, la parcourt des chevilles à la gorge. Sa lame gelée dans chaque articulation. Le cou se noue. Sur le revers de la porte, un papier blanc percé d'un clou. Dessus, on a écrit son nom. Elle le plie en deux, puis en quatre, repassant les angles avec ses ongles pour les rendre plus nets. Presque coupants. Et elle monte les escaliers. Elle se prépare au saccage, au matériel détruit, à la table de soins éventrée. Et pourtant : dans son cabinet, rien n'a bougé. La porte est intacte. Elle est fermée. Les gorilles sont restés au rez-de-chaussée. Quinze marches à monter, voilà à quoi ça tenait.

La convocation fixait une date et donnait une rue. Elle intimait de s'y présenter. La rumeur se répand sur les bouches que l'homme à la machine a été abattu, que d'autres lieux ont été saccagés. On lui aurait tiré une balle dans le crâne.

Elle tend sa convocation et on la lui arrache. Son nom résonne dans la pièce, où une dizaine d'uniformes s'activent dans une langue qu'elle ne parle pas. Deux d'entre eux se lèvent. On l'invite à les suivre avec des gestes qu'elle comprend. La pièce où ils l'emmènent est petite. Quatre murs et une porte. Ils l'y garderont cinq heures.

Tout y passe.

Tout y repasse.

Inlassablement.

Ils répètent les mêmes questions, auxquelles elle se borne à dire non.

Non.

Non.

Non.

Non.

Jusqu'à ce que la répétition vide le mot de son sens. Pas d'eau, pas de nourriture.

Elle aurait dû s'y attendre, elle aurait dû déjeuner. Elle n'a pas faim, ce n'est pas ça. Mais elle regrette de ne pas tenir mieux. Les heures sont trop lentes à s'écouler. Les murs trop près. La porte trop close. La fatigue menace. La peur avale toute son énergie. Elle aurait dû se nourrir.

Mentalement, elle se raccroche à ça. Au volume et au type d'aliments qu'il aurait fallu manger ce matin pour se sentir encore bien maintenant. Elle accumule les calculs alimentaires pour s'extraire du moment présent. Museler l'angoisse. Elle prend soin de respirer, aussi. Elle se dit l'oxygène c'est là, et c'est gratuit. Elle perd le fil des questions qu'on lui pose.

Un officier la pousse dans une voiture, le démarrage est sec, presque immédiat. Deux officiers à l'avant, un à l'arrière à côté d'elle. Uniformes et carrosserie ont la même couleur. Elle demande : où va-t-on ? et on ne lui répond rien. Entre eux, ils ne disent rien non plus. Elle se demande quelle heure il est. Le ciel est gris, impossible d'y lire quoi que ce soit. La voiture s'arrête devant deux très hauts murs de pierre, réunis par une porte massive. Un bâtiment réchappé d'une autre époque, comme d'une malédiction. On l'éjecte de la voiture et deux nouveaux uniformes prennent le relais. La couleur reste la même. Ils la précèdent dans un dédale de couloirs étroits et sales dentés de grilles. Ils s'enfoncent. Passer de main en main ne la rassure pas. Et s'ils lui posent les mêmes questions ? Et si elle doit encore dire non ? Pendant combien d'heures, encore ? Elle a peur des erreurs que la fatigue pourrait glisser dans ses dénégations.

Dans l'un des couloirs, et dans un geste qui lui semble presque aléatoire, l'un des deux hommes pousse une porte et la pousse à son tour dans la pièce qui se découvre. La lumière de l'extérieur, absente l'instant d'avant, l'éblouit. Elle remarque d'abord les murs et leur saleté. La même qu'ailleurs. La poussière, commune à tous les lieux de captivité, qui raconte les espaces clos, les fenêtres fermées. On voit que les murs ont été lessivés, que l'eau n'a fait qu'incruster un peu mieux les particules de désespoir dans les aspérités. Ça forme une patine brune dans les crevasses. Un gémissement, tout à gauche. Une trachée obstruée. Elle tourne le visage en hésitant. Le son ne donne pas envie de dévoiler l'image. Une forme est couchée sur un lit métallique. Un homme ou une femme. Un corps. Le visage est violet et boursouflé, traversé de zébrures rouges. Un cratère noir et visqueux crache encore un peu de sang là où aurait dû se trouver l'œil droit. Aucun bandage. Pas de pansement sur la blessure. On tient peu de temps, face à un œil crevé. Elle détourne le regard de la plaie purulente, son estomac se soulève. Le sang, dedans et tout autour, est mal coagulé. La blessure est récente. Une décharge d'adrénaline la traverse, son estomac se rétracte. C'est mécanique, strictement : elle n'a rien à vomir. Mais elle le sent très distinctement dans le haut de l'abdomen, juste sous le cœur. Le spasme. Il se révulse. Comme un ballon sous l'effet d'un coup. Ça la secoue jusqu'aux épaules. Afflux de salive. Nausée. L'uniforme lui demande si elle le connaît. Elle se retient de lui répondre que son visage n'existe plus. Qu'il n'y a rien à reconnaître derrière le sang et le néant. Que l'on n'identifie pas une bouillie de chair. Elle se contente de faire non de la tête. L'uniforme ne se démonte pas, il se tourne vers le corps immobile et lui demande s'il la reconnaît, lui. Un muscle se crispe dans sa mandibule. Un bourdonnement démarre dans son tympan gauche. À son grand étonnement, la forme s'anime. Le corps est vivant. Il hoche la tête. L'officier ajoute : qui est-ce ? et sa gorge se noue quand elle entend une voix familière articuler *madame* et son nom de famille. L'homme à la machine, celui qui venait chez elle une fois par mois, n'est donc pas mort. La balle qu'on lui a logée dans le crâne ne lui a pas ôté la vie. Tout juste un œil. Il lui reste une bouche, intacte, qui vient de prononcer son nom. Elle s'était préparée à tout, mais pas à ça. Elle ne savait pas que l'on pouvait revenir d'entre les morts. Que l'on pouvait survivre, la tête perforée par le plomb. Le visage de l'officier se fend d'un sourire carnassier. Ses yeux restent froids. Il se tourne vers elle et il dit : est-il exact que votre domicile sert à émettre à destination de l'ennemi ?

Elle secoue vigoureusement la tête, elle persiste, elle ne reconnaît pas cet homme, elle conteste fermement. Puis, s'adressant à l'homme allongé, elle l'adjure de mieux la regarder. Elle dit : vous vous trompez. Elle ajoute : il le faut !

Elle dit : moi, je ne vous reconnais pas. Elle dit encore : vos paroles sont graves, comme on chuchote une prière.

La porte se referme sur l'éborgné et ils sortent de la cellule. Ils reprennent une voiture. Ils vont chez elle, on va fouiller l'appartement. Elle ne comprend pas pourquoi ils ne vont pas directement à son cabinet. Incertaine de ce qu'il se passe, elle les laisse faire. Les deux uniformes fouillent consciencieusement et elle leur dit : vous voyez bien que mon domicile ne ressemble pas à ce que l’homme a décrit. Aussitôt elle espère que les mots qu’elle vient de formuler ne se retourneront pas contre elle.

Pourtant, les officiers acquiescent et s’en vont.

Elle leur dit encore, en fermant la porte derrière eux :

– Les gens qui me connaissent m’appellent par mon prénom.

Elle sent, la main à plat sur le bois, le loquet claquer doucement. Elle tourne la clef dans la serrure. Il fait noir, maintenant. Elle coule contre la porte, le menton sur les genoux.

Lettres, livres, cadeaux, pages de son répertoire, elle se débarrasse de tout. Rien ne doit subsister des personnes qui la lient au réseau. Elle prévient ceux qu’elle peut prévenir. Elle sait que le répit sera de courte durée. Que cette grossière erreur de lieu sera vite réparée.

Ils reviennent une semaine plus tard, directement là où elle travaille. L'un d'eux tient à la main un petit carnet qu'il ouvre et se met à lire. Il énumère, heureux, carnassier, la liste des dates et des lieux de chaque émission du mois de mai. Chez elle, chez les autres. Une date une adresse un nom par ligne. Il le lui tend et lui demande très calmement si elle confirme.

Elle secoue la tête, elle dit :

– Je vais vérifier quels patients étaient présents ce jour-là.

Ils lui disent :

– Vous permettez qu'on soulève le tapis ?

Ils demandent, mais la question est rhétorique : ils sont déjà en train de tout pousser. Quand ils trouvent la cicatrice sur le plancher, ils se tournent vers elle en souriant. Ils l'invitent à enfiler son manteau. Ils disent ça comme des gentlemen, ils disent : si vous voulez vous donner la peine.

Dans la voiture, ils lui tendent deux images de l'homme-chiffon auquel ils ont ôté un œil. Même en photo, la vision du crâne perforé est insoutenable. Elle prend de grandes inspirations pour tenir la panique à distance. Elle demande :

– C'est l'homme que j'ai vu à la prison ? Comme si elle tentait de deviner où ils voulaient en venir, comme si elle était innocente – elle n'est pourtant pas coupable –

et de bonne volonté. Elle ajoute : le pauvre, que lui est-il arrivé ?

L’un des uniformes se tourne vers elle et dit : le pauvre, en insistant sur le mot *pauvre* comme s’il prononçait le mot *pustule* ; il a tué l’un des nôtres, votre pauvre. L’interrogatoire se poursuit là où il a débuté la première fois.

Tout y passe à nouveau.

Elle reste ferme et polie. Ils lui demandent : aimez-vous les Anglais ? Elle répond non.

Ils lui demandent : faites-vous partie des girl guides ? Elle répond oui.

Ils lui demandent : faites-vous partie de la Croix-Rouge ? Elle demande quel est le rapport. Ils répondent : ces deux activités nous suffisent pour vous arrêter.

Et ils remplissent son dossier.

Au moment de le tamponner, l’officier s’interrompt. Il dit : une dernière vérification, je vais voir le chef. Quand il revient, il déchire le dossier sans regarder ses mains. Il la fixe en souriant. Elle le trouve terrifiant. Il lui dit en la raccompagnant : cette fois-ci, vous rentrez chez vous.

Ce soir-là, la menace pèse comme une armée de corps inertes déposés sur le sien. Aux deux femmes qui partagent sa vie et dont elle partage les murs, elle confie ses doutes. Et si la torture ? Et si la faiblesse ? Et si les mensonges que fait dire la douleur ? Elle raconte l’homme à la machine et la facilité, déconcertante, avec laquelle les mots sortaient de sa bouche, le crâne pulvérisé par une balle, l'œil décomposé tout autour. Elle fait le compte de ce qu'elle sait, des vies qu'elle pourrait détruire si elle parlait. Elle se sent comme une bombe à l'intérieur, tout juste retardée. Les deux femmes agitent leurs visages de gauche à droite, elles disent : pas se rendre. Ne rien précipiter, ne rien avouer. Elles parlent de la cacher. De clandestinité totale. Elle fait le compte à nouveau. Dans sa tête : les risques pour elles, pour tout le monde, son poids sur leurs bras. Elle se rappelle le harcèlement des uniformes sur l'entourage, qu'un seul soupçon autorise. Elle pense à son père. À son âge. À son tout petit fils. À ces deux femmes qui partagent sa vie.

Elle balaie cette possibilité d'un revers de la main.

Dans les jours qui suivent, les trois autres lieux sont perquisitionnés. La discrétion des propriétaires n'y fait rien. Dans une ruelle, sur un boulevard, à côté d'un hôtel de passe, les uniformes s'engouffrent derrière chaque porte comme des fourmis dans un insecte mort. Trois fois, des personnes sont arrêtées. Trois fois, on la rappelle. Convocation, interrogatoire, et cette phrase qu'ils disent en souriant : cette fois-ci, vous rentrez chez vous. Elle sait que ça ne peut pas inlassablement se terminer sur une porte ouverte. Le destin se lasse de la répétition.

À la quatrième convocation, ils lui mettent une lettre sous les yeux. Elle est écrite à la main, à l'encre noire. Il ne lui faut pas longtemps pour reconnaître l'écriture, elle la connaît trop bien pour hésiter. La lettre la mentionne, par son prénom, à plusieurs reprises. Elle est signée d'une main amie, la main qui lui a ouvert la porte du réseau. L'officier sourit, il dit :

– On dirait qu'elle vous appelle par votre prénom, elle.

Alors elle soupire, elle ne dit plus non. Elle avoue tout, en prenant soin de n'incriminer qu'elle-même. Elle est arrêtée et conduite dans le dédale des couloirs sans fin, sans direction et sans fenêtres, de la prison. Elle passe derrière les murs de pierre et la porte imposante qui les relie se referme derrière elle.

Elle est arrêtée le 3 novembre. Les interrogatoires ont déjà eu lieu, les brouillons de son dossier existent en plusieurs exemplaires, tout est prêt. L'incarcération est rapide. Aile allemande, quartier des femmes. Elle aura trente-neuf ans en prison. Charlotte aussi a été arrêtée. Elles sont arrivées à quelques jours d'intervalle. Les visages amis comme des canots de sauvetage.

Dehors, personne ne sait dans quelle aile, dans quelle cellule, dans quel quartier. Elle a cessé d'exister au moment de passer la porte. Les dossiers restent inexplicablement durs à obtenir, on doit s'en remettre aux sources informelles, aux petites résistances, aux bruits de couloir. Il faut traquer les indices. Les maisons qui longent les murs de la prison, par exemple, ou celles qui disposent d'une vue sur elle, entre le centre de la ville et son point le plus haut. Les lieux d'observation précieux qu'elles offrent. Le nom de ceux qui ouvrent leurs portes aux familles des détenus. On se retrouve plus vite qu'on ne le croit sur une terrasse, habillé en laveur de vitres, à tenter d'apercevoir le parent dont on est sans nouvelles. Battre un peu l'incertitude en brèche.

Le linge aussi participe à contourner l'embargo. Alors, sur le revers d'une chemise, elle écrit en petits caractères noirs :

je n'en veux à personne de ce qui est arrivé
les responsables restent mes frères
leur punition est en eux

Celui-ci parvient. Puis le personnel de la prison met le stratagème au jour, et les messages cessent de salir le linge.

Les promenades sont circulaires dans ce lieu ceint. Elles se déploient, révolution après révolution, contre les murs de pierre. Comme pour les écarter un peu par force centrifuge. Lors de chacune d'elles, elle passe devant une brique, ocre et rouge, reste de chaleur perdue dans l'hiver, creusée par l'écoulement de la gouttière. La concavité verticale, qui défie l'attraction, retient quelques gouttes qui prennent, quand le vent les secoue, la texture du flan. Elle ne regarde qu'elles, qui lui semblent chaque fois robustes de n'être pas tombées au sol.

Il y a une jeune femme, elle n'a pas trente ans. Elle erre ici depuis bientôt douze mois. Mesure préventive : son fiancé se cachait, on craignait qu'elle ne l'aide. Absurdité, désolation. Et très vite après, la surprise du soulagement. C'est peut-être déjà ça. Ce n'est peut-être pas tout à fait vain. Elle veut bien être ici, si ça en protège d'autres. Elle se raccroche à cette idée, dans le tracé concentrique que font ses pas.

Elles se croisent, elles se parlent. Des cent vingt-deux jours qu'elle passe dans sa petite cellule blanche, nue et froide, elle décide de ne retenir que ce qu'elles se disent.

L'échange qui brave l'isolement et la captivité. Qui permet de sortir de soi, de rencontrer l'autre. De nouer à deux un dialogue plus grand que la somme de ce qu'on y dit, et plus haut que les murs qui les séparent. Elles se rassurent à la lumière d'un autre engagement possible que celui de l'horreur. Se souviennent que la jeunesse, celle qui n'est pas en prison, ni dans les camps, ni dans les rangs ennemis, que la jeunesse qui se terre dans les campagnes et qui a peur, elles se souviennent que cette jeunesse-là sera meilleure que la leur. Qu'elle grandira vaccinée, sûrement, par la violence et la désolation que leurs aînés lui donnent à voir.

Rapidement, elle perd la notion du temps. Les heures, les journées disparaissent, que remplacent les arrivées et les départs au sein de l'aile allemande. Nouvelle unité de mesure en visages nouveaux et en visages perdus. Parfois, leur nombre demeure inchangé plusieurs jours. Parfois, on prélève des membres au groupe le matin puis le soir, et arrivent entre ces départs de nouveaux éléments. Alors un jour ne s'est pas écoulé, mais très exactement deux départs et cinq arrivées. Le temps s'égrène au gré des greffes et des amputations, des révolutions de chaque promenade qui tourne en rond les bras relevés les mains sur la nuque, et du nombre de gouttes que parvient à retenir en son sein la brique creusée par l'écoulement de la gouttière.

Son anniversaire n'a pas lieu, la nouvelle année non plus.

Le seul événement notable, le seul significatif, fut le long, l'interminable appel dans les couloirs sombres et le froid de février.

Elle est déportée un matin d'hiver avec quatre autres membres de sa petite cellule de résistance. *Nomen nescio*, dans la nuit et le brouillard. Alors qu'elle monte dans un camion qui n'affiche pas sa destination, elle se répète pour elle seule :

je n'en veux à personne de ce qui est arrivé
les responsables restent mes frères
leur punition est en eux

Les rails semblent traverser le pays de part en part. Le train perce la frontière comme une aiguille pénètre la peau : sans résistance. Le long du chemin de fer, elles avaient vu les paysages changer sans pouvoir dire, de manière affirmative, où elles allaient, à quelle gare le train s'arrêterait. Quand il s'arrête enfin, c'est comme si on leur ôtait un foulard des yeux. Sauf qu'elles ne reconnaissent pas ce qu'elles découvrent. Elles arrivent en Allemagne et le foulard reste en place.

Une nuée de clowns sinistres les accueille. Les uniformes semblent légèrement différents. Peut-être parce que, désormais, ils s'accordent au paysage. Son attention tout entière est retenue par eux, elle les détaille et, cela la surprend, leur trouve du ridicule. Elle regarde encore et son attention se fixe là, sur le ridicule. Sur le reste, elle glisse. Sur les visages fermés, sur les gestes rigides, sur le pas minuté, sur la vitre invisible qui sépare les corps en uniforme des ombres en guenilles, elle passe. Mais sur le ridicule, l'attention accroche. Peut-être parce que le ridicule a une forme, parce que le décalage qui le crée est grossier, évident. Compréhensible. Le premier mot allemand qui lui vient revient de loin. *Liebchen, mon adorable trésor.* Il lui reste sur le seuil des lèvres. Elle le ravale et il laisse dans sa gorge comme un avertissement : une bille dure, impossible à déglutir.

Le reste, elle ne sait pas. Des rumeurs ont traversé les wagons, mais on n'est sûr de rien. Le reste, c'est le camp. C'est Mauthausen. Dix-huit mois là-bas.

On la ramène chez elle en civière, portée par des mains inconnues. Elle ne garde aucun souvenir de la route du retour, si ce n'est celui, à l'arrivée, des draps de coton blanc et parfumés. La couleur et le parfum, pas le toucher. La pulpe des doigts ne sent plus rien.

Pâleur de la peau, pâleur de l'intérieur des paupières quand le médecin ausculte. Essoufflement, les dents d'une scie contre les parois du crâne. Son cœur bat dans le corps d'une morte. Il s'obstine.

Il y a un bruit de gravier qu'on écrase, dans le bas de son dos. Il faudra attendre des mois pour l'opérer. Que son corps se reforme, que ses veines se remplissent. Que ses muscles, fibre après fibre, se reconstruisent. Que tous, ils compensent la faiblesse que gardera son cœur.

C'est dans son foyer d'avant-guerre que quatre paires de mains la déposent.

Quand elle y reprend conscience, elle ne comprend pas les murs, les mains qui soignent, les regards amis, la tendresse. Elle ne reconnaît pas le bruit étouffé de la rue, retenu par les fenêtres fermées. La matérialité de l'après-guerre est inadmissible, et apaisante. Les deux sentiments ne parviennent pas à s'accorder. Il lui semble que ces murs propres, qui datent d'une autre époque, récusent ce dont elle revient. Sa chambre la régurgite, impossible de dormir dans son lit. Les premiers mois, ses os sont trop saillants sous la peau pour la fermeté d'un matelas. Il lui faut la souplesse d'un coussin. Elle dort, recroquevillée, dans un canapé qui, compréhensif, creuse sa mousse à la forme de son corps. Minuscule, fœtal. Elle ne trouve le repos que couchée dans le salon, dans les courants d'air. Elle aime sentir le parfum des corps persister quelques secondes après leur passage. L'odeur de la vie, de la chaleur. Du familier et de la douceur. Un mélange de musc et de fleur d'oranger.

Elle ne peut plus danser, elle n'en sera plus jamais capable. La musique pour la bercer, rien d'autre. La recueillir dans le lit de ses bras, couvrir son ventre de notes courtes ou lentes. Remplir sa tête de sons, pour chasser l'écho des balles. Endormir l'esprit. Éteindre un instant la contradiction des sentiments. L'impossibilité du contraste entre ces murs-ci et les précédents. Elle peut encore lire, tout doucement. Les mots lui caressent les joues de leurs mains rassurantes. Alors elle lit, elle écoute. Elle laisse les vibrations s'épanouir entre ses côtes. Soulager.

Elle ne perd plus de sang. Comme si cette partie d'elle aussi était restée dans les camps.

Elle ne trouve pas tout de suite les mots pour raconter l'horreur. L'horreur, pourtant, qui a été pensée scrupuleusement, à l'aide de mots choisis scrupuleusement. Des mots durs, rigoureux, pesés.

Malgré cela, aucun ne vient pour décrire ce dont elle a été témoin. L'autre versant de l'horreur. Le sien. Elle n'arrive pas à s'appeler victime, elle dit : d'autres ont souffert plus que moi. Le mot pour sa condition n'existe pas. Pour l'histoire non plus. Butant sur chacun, elle se dit : aucun ne suffit.

En attendant de trouver la somme de ceux qui, ensemble, y parviendraient, d'arriver à les assembler correctement, dans le bon ordre et avec les bonnes nuances, elle colorie les enveloppes.

Elle hachure les espaces vides dans les lettres. D'abord, laisser reposer l'expérience du camp, celle du corps, dans le tissu élimé de l'indicible.

D'abord guérir.

Dans les enveloppes, il y a des formulaires. Des formulaires qu'elle remplit docilement et qu'elle renvoie aux messieurs de l'administration en les remerciant chaque fois infiniment. Elle n'est pas obligée, mais elle l'ajoute. Merci infiniment. Chaque formulaire comme une preuve que tout est terminé. Et donc, sa gratitude pour les parapher. Dedans, elle coche des cases, répond à toutes sortes de questions, dont il ressort invariablement qu'elle n'a pas d'époux, pas d'enfant. Parfois c'est gymnaste médicale qu'on lit dans la case métier, parfois professeure de danse rythmique. Kinésiste. Masseuse. La dénomination laissée à l'humeur de l'interlocuteur.

Beaucoup de cases prévues par défaut restent vides. Le nom d'épouse. L'identité de l'époux. Le nombre d'enfants. Les normes qu'elle a passé sa vie à botter en touche lui reviennent dans ces minces feuilles de papier coloré. Elle ne s'est jamais mariée. Elle n'a pas eu d'enfant. Voilà ce que dit l'administration de sa vie, voilà ce que la société retient. Rien du reste, rien des fiertés, rien des ruptures. Sa vie tient tout entière dans les creux qu'elle laisse sur ces formulaires. Il faut les lire en négatif, il faut tout interpréter parce que ce langage-là, le langage officiel, n'a pas prévu de case pour ses choix à elle.

Mais ce n'est pas grave. Rien ne sera plus jamais grave. Dans les formulaires, dans les champs laissés libres, elle oublie ce dont il s'agit. Tant d'écart sépare les morceaux de papier, les pointillés, de ce qu'il faut y relater, que ça en dilue le contenu. Et ceux qui lisent, ceux qui reçoivent peuvent bien savoir, eux. Ils peuvent bien lire. Elle sait, elle, le décalage incompressible entre les mots, en nombre restreint, entre l'espace délimité qu'on leur accorde, entre les questions fermées, invariablement, et les dix-huit mois sur lesquels elles portent.

Elle se passionne pour l'exercice surréaliste qu'imposent les formulaires, pour les montagnes de documents qu'il faut renvoyer pour tenter de retrouver une place, sa légitimité dans la société d'après. Du papier, un stylo. Pour dire, raconter, évaluer. Délayer le sens, la peur, la violence dans les espaces à compléter. Soumettre sa déportation aux yeux et au bon vouloir de ces messieurs, fonctionnaires avant la guerre, fonctionnaires pendant, et fonctionnaires après. Elle dicte, on remplit pour elle. Sur les enveloppes, elle se contente de colorier l'intérieur des lettres rondes. La boucle du L, l'arrondi du D, le O. Le R de la Reconstruction. Les P et le O de Prisonnier Politique. Les enveloppes sont colorées. L'encre est turquoise. Comme avant la guerre. Comme avant l'âge adulte. La volonté, peut-être, de ne pas se réduire à ce qu'on lui a infligé. On dément sa condition de victime à grand renfort de giclures d'encre. Pendant les longues semaines que dure la constitution de son dossier auprès du ministère qu'on a inventé pour l'après-guerre, cela devient un rituel : choisir la couleur de l'encre et du papier.

Quand les muscles de ses mains sont à nouveau fonctionnels, qu'elle peut tenir un stylo et que son dos peut rester droit plusieurs heures d'affilée, elle essaie à nouveau. Parce que ça soigne, et parce qu'oublier ce serait souffrir la même chose une seconde fois. Elle écrit les mouvements, les dates, les lieux, les trajets, les changements. Elle décrit les baraquements, le mobilier rare et usé, insuffisant, où il faut s'entasser ; les vêtements, les corps, les regards, l'altération physique par tous ses aspects. Chaque symptôme, elle liste. Les gestes pour se protéger, les gestes pour obéir aux ordres, les gestes pour résister. Elle écrit guenilles, fractures, diphtérie, insomnies, épuisement. Elle écrit famine, cruauté, désespoir, abattement. Elle écrit inhumain. Puis elle le raye. Elle réunit les années, les mois, les emplacements sur la carte ; elle retrace son itinéraire en pays de douleur, remet sur chaque lieu des événements, des exécutions, des maladies, des blessures, parfois un rayon de lumière dans la nuit. Les actes de solidarité. Mais dans les courtes phrases qu'elle forme, aucun mot n'est suffisant. Elle relit mais ne reconnaît pas. Rien ne reste sur le papier des dix-huit mois en marge du vivant. L'expérience en creux résiste aux mots, au récit des mouvements, à la description des gestes, des odeurs, des faits. La déportation reste dans les recoins sombres, se cache dans l'immobile insaisissable. Là où rien ne bouge. Elle se terre entre les actes, dans la suspension, dans les silences. Dans le désespoir qu'aucun mot ne parvient à rendre. L'essence de ce qu'elle voudrait dire stagne aux interstices, dans le blanc entre les lettres, dans le néant entre chaque souvenir. Alors elle creuse la langue encore, elle la gratte. Sous ses ongles qui repoussent, aucune syllabe utile. Rien. Impuissante face au langage qui n'était pas préparé, aux phrases trop petites pour prendre la mesure de l'abomination. Puisque cela est sans effet, indicible à l'identique, elle laisse l'horreur de côté. Puisque la déportation ne se laisse pas raconter, elle raconte le reste.

Pendant douze mois, elle accomplit son devoir de mémoire du côté de la vie, insolente, qui s'obstine. Chaque matin elle s'assied face au papier, docile pour la première fois, résolue. Elle se replonge. Par la fenêtre, il lui semble que c'est tous les jours l'été. Par contraste avec ce dont elle revient, ce qu'elle tente de se remémorer, le réel autour d'elle, se remplit de soleil. Même les jours de pluie. Pas qu'elle soit heureuse, non. Simplement, rien n'est aussi gris. De sa main encore faible, qui le restera peut-être toujours – c'est ce qu'elle se dit pour s'y habituer –, elle trace une lettre après l'autre, soigneusement. Le ravissement d'un levraut chaud au creux des paumes. Le battement rapide de son cœur contre sa peau. L'humanité de ses tortionnaires. Oui, quand même. Malgré et avec la monstruosité de l'entreprise macabre à laquelle ils ont pris part. La solidarité étrange qui se ménageait une place inédite, ténue au cœur de l'effroi, entre tortionnaires et torturées.

Elle raconte un soir d'hiver, l'obscurité, le désespoir, et les premières notes de l'opéra de Bizet. Celui qui porte son nom. Les premières notes qui s'échappent des fenêtres nazies, qui fuient leurs estomacs trop remplis et se glissent par la lucarne sans vitre du baraquement, vers les leurs, mal nourris. L'ironie de son prénom qui meurt à la fin et de son corps qui survit aux dernières mesures du drame. De la musique qui déserte la nuit, de son ventre qui hurle de faim, elle ne dit rien. Bien sûr, l'horreur se loge dans les ellipses. Si l'imagination ne se heurte pas aux frontières des mots, elle est sans limite. Devient sans limite, dès lors, l'horreur de ses contournements. L'horreur que l'on sait, maintenant que les survivants la racontent. Elle ne dit rien non plus des corps émaciés, des orbites creuses, du teint de craie, des bouches crevassées, des veines qui gondolent la peau, des joues qui se cavent à force d'être mordues, des ongles qu'on s'arrache puis qui tombent. Non. Autour d'elle, elle dit : les coupables portent leur punition en eux, et cela fait hocher les têtes. Elle ne dit rien du manque qui érodait la réalité. Qui rendait les murs incertains, un mirage de pierre et de cendre. Le manque de ceux qu'on appelle « siens ». Les chairs issues d'un ventre commun. Les peaux adoptées, déclarées sœurs. Les visages nécessaires dont on ignore s'ils sont vivants ou morts. Auxquels on refuse d'arrêter de penser de peur que l'oubli ne les tue.

Elle voudrait raconter la descente dans la fosse. Cent quatre-vingt-cinq marches. Quand elle se voit les dévaler, et laisser là sa vie, sur les marches d'un escalier. Qu'elle se dit : je mourrai ici, et n'en conçoit qu'une vague déception. Pas même un peu de peur. Elle voudrait expliquer que la peur est un sentiment puissant, qu'au moment où elle descend les cent quatre-vingt-cinq marches, cela fait longtemps qu'elle n'a plus la force de la ressentir. Tout juste sait-elle encore compter. Alors elle compte les marches, c'est comme ça qu'elle s'en souvient aujourd'hui. Dans le long couloir denté de l'escalier, elle écorche ses mains à la pierre et à la terre qui s'élèvent en murailles de chaque côté. Elle s'y écorche les paumes quand, soudain, elles passent sur quelque chose d'humide, de frais. Quelque chose de vivant. Les nerfs le lui disent, logés sous la fine couche de peau qu'il lui reste. Ça ressemble presque à un pouls. Elle baisse son regard et aperçoit, minuscule, ensachée dans une fissure de roche, une toute petite fougère scolopendre. Au milieu de la désolation stérile, la vie fait irruption. Inattendue, non invitée. Elle voudrait dire la sidération que c'est, entre les marches irrégulières et traîtres. Qu'après ça, c'est comme si l'air prenait une autre consistance. Il remplit mieux les poumons, il oxygène le sang. Qu'arrivée en bas, le sol lui fait l'impression d'un palier plus résistant que les précédents sous son pas de chiffon. L'escalier terminé, la longue file morte-vivante serpente entre de petites cabanes, des baraquements. Aucune porte ne s'ouvre. Personne ne les attend. Ils passent devant, c'est tout ce qu'ils font, ils les usent de leurs regards frigorifiés et passent leur route. La marche se poursuit, cela semble durer des heures à son corps sans force. Chaque fois que ses pieds heurtent le sol, il faut amortir le choc, les vibrations qui lui remontent dans les articulations, qu'elle ressent jusque dans la mâchoire, jusqu'à ses dents du bas qui claquent contre celles du haut. Elle voudrait dire qu'on ne rêve plus, la nuit. Mais que le jour, les hallucinations se substituent à la réalité. Qu'elle quittait parfois sa prison de peau et qu'alors, sans s'en rendre compte, elle avait chaud. Son esprit épuisé, affamé, se repliait dans des endroits oubliés. Elle y trouvait du sable tiédi par le soleil, creusait sa paume autour de la concavité d'un coquillage. Il est tiède lui aussi. De la pulpe du doigt elle caresse sa nacre. Sensualité hallucinée, puis retour brutal au froid et au corps diminué. Elle voudrait dire que, dans un coin du camp Mauthausen, une casserole chauffe. Que le couvercle tremble légèrement sous l'effet de la vapeur qui monte. Toc – toc – toc. Un son grave et paresseux. Régulier, mécanique. Conséquence directe du feu qui brûle dessous. Un son continu, énervant. Une surveillante perd patience et le soulève pour que le bruit cesse. S'échappe aussitôt du gouffre de fonte le fumet d'une viande en sauce qui mijote depuis des heures. Les ventres se tordent, les muscles se crispent. Le vertige part du centre du corps et se répand vers les membres. La vue se trouble, les contours s'estompent. Les mâchoires se serrent, et se serrent les mains autour de la taille. La faim tient mille femmes en tenaille. De dos, la surveillante fait tourner une louche dans la casserole puis remet le couvercle. Impassible. Indifférente.

Elle voudrait raconter qu'un jour, sans que rien ne le laisse présager, on a demandé aux Norvégiennes de se regrouper dans un bloc. Qu'elles furent évacuées. Elle voudrait décrire l'immense vague d'espoir qui se répand dans les baraquements tout autour. On s'active, on se prépare. On est fébrile, c'est la libération. On viendra nous chercher nous aussi. L'idée traverse les cœurs, les têtes, ce que l'horreur n'a pas encore complètement nécrosé. Pourtant, personne ne vient. La vague s'aplatit, avalée par le sable du désespoir.

Elle voudrait expliquer qu'au bout d'un moment, on a peur même de son imagination. On redoute qu'elle ne déclenche. Peur que se formuler le pire ne lui donne corps, le précipite. Alors on retient ses pensées comme d'autres retiennent leur souffle. Elle voudrait qu'on sache que dans les camps, les corps diminués, affamés, ne valent que par la force qu'il leur reste. Que l'on aspire jusqu'à ce qu'il n'y ait plus que de l'air dans la paille. Que ça fait le bruit d'un fond de verre. Dire que, bientôt, relever son panier exige une énergie dont elle ne dispose plus. Que déplier son corps pour le redresser lui arrache une douleur indicible dans le dos, abîmé par les coups, les chutes, les chocs. Que quand il s'agira de remonter les cent quatre-vingt-cinq marches, ce sera à la force d'autres bras, parce que ses jambes à elle ne la porteront plus. Le brouillard de peur et de solitude, au milieu des silhouettes que la maigreur rend identiques, quand on les appelle par ordre alphabétique. Qu'on se demande ce jour-là si le moment de l'exécution est arrivé. Que les corps ne sont plus que la preuve de ce qu'il s'est passé. Qu'on se demande quelles atrocités on va bien pouvoir inventer encore, pour les faire disparaître.

Elle voudrait pouvoir décrire la clameur qui s'échappe de mille poitrines quand elles voient apparaître, au loin, un camion blanc flanqué de rouge. En vain. Elle ne dit rien, c'est impossible à écrire. Mais son corps est là, lui. Il est témoin. Le corps de quarante-trois, puis de quarante-quatre. Son corps de quarante-cinq, qui ne ment pas. Dont les trente-six kilos disent tout ce qu'elle ne formule pas. Ce corps qui n'a plus de muscles, plus de sang, qui n'est plus qu'os, nerfs et nouures avec, peut-être, encore un peu de rouille au fond des veines. Ce corps dont elle voit ce matin une veine grise palpiter sous la peau de sa main. Et elle ne comprend pas très bien le lien entre le corps des camps et celui qu'elle regarde maintenant. Elle ne comprend pas comment la vie parvient à se frayer un chemin dans les tunnels effondrés de sa poitrine. Dans les gravats de son dos. Dans ses rotules éreintées. Mais exactement comme elle s'est pliée au miracle d'une fougère pincée entre deux cailloux, elle consent au miracle de son corps qui reprend vie. Bien sûr, il ne s'en remettra pas tout à fait, pas entièrement. Une partie de son cœur reste brisée, qu'elle devra soigner pour le restant de ses jours. Elle ne pourra plus danser, elle ne pourra plus réparer non plus. On lui donnera une carte officielle estimant son degré d'invalidité à cent pour cent. Elle les trouve généreux, mais enfin elle ne proteste pas. Elle dit merci, infiniment.

En septembre 1944, la radio se tait. L'occupant déserte les lieux quelques jours avant la Libération, sabotant à son tour tous les appareils qu'il avait fallu faire venir du Reich.

Pourtant, dans les salons, dans les cuisines, dans les maisons du pays, la victoire résonne. Des machines construites dans le secret des garages, des émetteurs pirates tapis dans des bâtisses insignifiantes à travers la ville, à travers d'autres régions, à travers tout le pays prennent le relais et résonnent, tous en chœur, de la même voix, de la même nouvelle.

En mai 1945, quand on annonce la Libération dans tous les postes radio branchés de toutes les maisons encore habitées, elle se dit : tiens, ils ne parlent pas de la météo.

LA FIN – 1975

Dans ce corps où je loge
La chair est barbare
Le sang navigable

Anise Koltz

Ce matin, la lumière d'août traverse la maison. Par la fenêtre de la cuisine, elle plonge dans l'eau de l'évier en lignes pâles et obliques. Les particules y dansent dans la clarté des rayons. Il faudrait peut-être retirer la bonde tout au fond. Des jours qu'elle stagne. Le long de quatre baguettes à la surface flottent respectivement douze petites coques. Six à gauche du bâton bien droit qui fait figure de quai, six à droite. Chaque coque est surmontée d'un mât et d'une voile. Elle a peint chacune d'entre elles d'une couleur différente. Tenir le pinceau relevait de la gageure, pour ses mains que l'âge fait hésiter. La construction des miniatures lui a demandé deux semaines. Façonner, coller, peindre. Laisser sécher. Puis assembler chaque pièce méthodiquement, jusqu'à leur offrir une troisième dimension. Des flotteurs sous les baguettes, de la ficelle pour amarrer les coques. Ce matin, elle trouve à la reconstitution un niveau de détail satisfaisant. Elle trempe un doigt dans l'eau pour créer du remous et des vagues. Les coques oscillent, certaines frappent contre les parois de l'évier. Ça fait un bruit de port. Elle sort son doigt de l'eau et l'essuie contre son ventre. Elle doit s'habiller. Elle va être en retard.

Une jupe ample attend sur le lit qu'elle l'enfile, posée à plat sur le drap, ouverte, sans relief. La surface de tissu pour la couvrir a augmenté. Elle se fait la réflexion en passant mentalement en revue les vêtements du corps d'avant. Un pull de coton blanc et une paire de chaussettes. Blanches aussi. Elle les remontera jusqu'aux genoux. En dessous, des bas de contention. Ses chevilles gonflent sous l'effet conjugué du temps et de ses veines abîmées. De petits éclairs mauves et gris affleurent des profondeurs de son corps. Ils viennent flotter juste à la surface de sa peau en zébrures irrégulières. Bleues, grises, vertes, indistinctement. Ça crée un léger relief quand elle passe le doigt dessus, au moment d'enfiler les bas.

Elle avait d'abord touché les zébrures sur d'autres peaux. Après Java, quand tout le monde avait commencé à s'arrondir, laissant pousser dans les ventres des plantes que l'on nommait enfants. Chez elle, ce n'était pas la grossesse qui les avait amenées dans son sillage. Juste le temps. Et son cœur abîmé par les camps, par les médicaments qu'elle devait prendre depuis, pour tenter de le guérir.

Elle n'avait pas soumis son corps à l'épreuve de la maternité. Elle avait longtemps attendu que l'envie vienne, impérieuse. Elle s'était préparée à devoir faire ce deuil-là. Mais l'envie n'était jamais venue. Le deuil n'avait pas eu lieu. Elle avait continué à regarder ses amies de loin, depuis cet endroit qui ne lui permettait pas tout à fait de comprendre ni de s'identifier. Leurs enfants, paradoxalement, lui renvoyaient une image plus accessible. Moins éloignée. Elle avait eu une mère dont elle resterait à jamais la fille. Invisible, rien qu'à elle.

Vivante encore longtemps après sa mort, quelque part dans son corps. Dans la matière de la mémoire. Sa mère de courage et d'indocilité. Qui avait tout prévu. Qui lui avait laissé le mot non en héritage, et les loyers d'une maison cachée. Sa mère, morte avant tous les autres parents. Sa mort, que rien ne justifiait. Les années n'y avaient rien changé, ça lui semblait toujours absurde, un demi-siècle après. Ça faisait partie des choses qu'elle voyait, quand elle regardait les mères et les enfants autour d'elle. Elle voyait le deuil à venir, le déchirement des profondeurs. Elle voyait cette seconde séparation, qui parachevait la première. Elle n'avait sans doute pas cherché autre chose, dans les amitiés totales qu'elle avait entretenues. Réparer la fêlure. Parfois, elle s'était dit en s'endormant, le dos collé au ventre d'Hélène : je suis contre elle comme dans le ventre de ma mère. Elle ne savait pas d'où ça lui venait, cette impression. Mais c'est ce qui venait le soir, une fois les yeux fermés. Son corps n'avait jamais voulu faire d'elle une mère : il avait souhaité rester enfant. Même grabataire, elle le sentait encore hurler régulièrement entre ses côtes. Les varices et les griffures du temps n'y faisaient rien. Bien sûr, il y avait eu l'enfant d'Hélène. Une fille, évidemment – quoi d'autre ? Elle avait été comme la sienne, bien que de loin. Chaque année, un mois auprès d'elle, à lui donner le bain en prenant le sien. Elle se souvient de sa minuscule main qui lave sa peau en même temps que la sienne. Succession indifférenciée de chair, de poils, de pelage de poussin, et le savon qui bulle et nettoie, l'eau qui le rince, les stries vertes et roses à la surface de la mousse. Cette petite fille qui prend chaque bras pour le sien, et le lave, et vient se lover contre son ventre comme s'il s'était agi de celui de sa mère. Hélène avait dit : c'est pareil que maman, et l'enfant l'avait crue. Pendant un mois chaque année, la mère se dédoublait : deux grands corps dans le bain à côté du sien, et l'eau qui déborde, puis tiédit. Les pieds qui dégoulinent au sol, quatre larges empreintes et deux petites. La crème au calendula avant de la rhabiller, sa peau froissée d'enfant devant leurs peaux froissées d'adultes. Les histoires qu'elle lui envoyait par la poste le reste de l'année, écrites et illustrées au stylo-bille sur du papier quadrillé. Des histoires de petites filles déguisées en garçons pour pouvoir jouer au ballon, d'aventures en bateau, de désobéissance. Et les fleurs et la douceur qu'elle dessinait autour pour rendre l'histoire normale, presque quelconque.

Au-dessus du lavabo, elle s'étudie dans la glace. Elle suit mentalement chaque rigole qui va du nez aux coins de la bouche, passe chaque ravin en revue. Les poils, les grains de beauté devenus grains tout court au fil des ans. Les yeux plantés dans son reflet, elle a l'irrévérence de se plaire encore. D'aimer les chemins de forêt qui la traversent. De voir sur sa peau la couleur toujours changeante des sols jonchés de feuilles mortes à l'automne. Elle étire la commissure de sa paupière vers la tempe. La peau sous la pulpe de son doigt est molle. Elle a pris la consistance du flan. Elle se regarde parvenir, ou parvenue déjà, à cette vieillesse tant attendue. Elle la contemple dans le miroir maculé de ronds de calcaire, vestiges d'éclaboussures d'eau jamais nettoyées. Elle repense à ce qu'elle imaginait de cet âge. Elle ne comprend pas mieux, le monde ne lui semble pas plus clair. Le temps n'atteint que la surface. Il ride les peaux mais laisse les questions en suspens.

Elle éteint la lumière en sortant. Quand elle se déplace, la chair de ses bras tremble un peu.

En repassant par la cuisine avant de quitter la maison, elle plonge de nouveau la main dans l'évier. Il se vide dans un bruit de succion. Quand elle ferme la porte, les petites coques gisent lamentablement sur le fond en métal. Renversées, chacune sur un flanc.

L'année d'avant, deux femmes avaient été violées pendant leurs vacances. C'était dans les journaux, à la télévision. Elles campaient dans le pays d'Hélène, près de la mer. Mais elles venaient d'ici. On les avait présentées dans la presse comme un couple. Elle ne voyait pas ce que ça apportait de le préciser. Elle sentait bien que ça minimisait la gravité de ce qui s'était passé, pour ceux qui écrivaient. Dans les cafés les gens disaient gouines, goudous, pas normales, pas finies. Et ils ricanaient. De ces visages elle ne retient que les dents et la violence des mots qu'elles serrent comme des couteaux.

Ils étaient trois. Ça avait duré des heures. Quand elles avaient déposé plainte, on avait écrit dans le rapport : coups, blessures et tribunal correctionnel.

D'abord, il s'était approché seul de la tente. Elles l'avaient chassé. Il était revenu accompagné, pour les punir. Pour leur montrer qui décide, qui a le droit. Qui dispose et qui subit. Le viol et les coups avaient duré jusqu'au petit matin.

Un délit, ils avaient dit. On se retenait d'ajouter « petit ». Qui dispose, qui subit.

Dans le procès-verbal, des témoins avaient raconté avoir entendu des voix. Ils avaient dit : certains criaient, certains riaient. Dans les lettres qu'elles échangent, depuis que c'est arrivé et qu'on en parle à la télé, ça a pris toute la place. Les rires et les cris. Les victimes étaient d'ici, le procès aurait lieu là-bas. De chaque côté de la frontière on traite le sujet différemment. Mais de chaque côté, des femmes se mobilisent, brandissent des pancartes, utilisent leur corps comme porte-voix, s'asseyent sur des trottoirs jusqu'à ce que les mains de l'ordre les en délogent. De chaque côté, des femmes hurlent. Sur une pancarte, elles ont écrit : on peut retrouver la force de notre révolte.

Les victimes étaient jeunes, leur âge quand elles s'étaient rencontrées. Elles avaient si souvent campé à deux.

Au retour de Java, quarante ans plus tôt, elles n'avaient plus parlé des sexes découpés. Ça les avait soulagées, pour ça, de revenir au connu. À ce qui semblait épargné. De pouvoir oublier. Et puis, les yeux ouverts par l'ailleurs, elles avaient dû se rendre à l'évidence. C'était différent, bien sûr. C'était plus familier. Mais pas supérieur, pas mieux avancé. Ça l'avait ramenée à ça, ce viol qu'on confondait dans la presse et dans la justice avec des coups et des blessures. Quarante ans après les sexes mutilés de Java, rien n'a changé. Ça lui rappelle à quel point leurs corps sont méprisables, aux yeux des lois, peu importe le côté de la frontière ou de l'hémisphère. Des corps de peu, dans ceux de la société et dans chaque partie du monde à sa façon. Elle y repense souvent, depuis un an.

Elle se demande en lisant tout ça si son corps a fait d'elle une femme, ou si elle l'a fait tel. Il a saigné, qu'elle le veuille ou non, chaque mois pendant des années. Il a fait gonfler ses seins par moments. Les a rendus douloureux. Il s'est couvert d'une peau lisse. De cils longs. De mains fines. Elle s'est chargée du reste. Des attraits, du déguisement. Elle s'est sentie puissante, à la fois en se conformant aux normes et en les quittant. Puissante dans une jupe cintrée. Puissante, tout autant, sous la toile d'un ciré. Elle s'est contemplée dans le regard des autres, s'y est trouvée belle. Elle a connu ce frisson-là, sans y prendre goût. Dans les yeux des autres elle s'est vue femme. Elle s'est vue homme. Il a suffi de presque rien. Elle a senti sa peau en appeler d'autres, voulu jusque dans ses os se coller à certains corps, en connaître le goût. Elle en a connu, qu'elle a aimés parfois. Elle en a aimé d'autres, qu'elle n'a pas eu besoin de goûter. Des corps qu'elle convoquait en pensée, en conjectures. Qu'elle recomposait pièce par pièce, à l'aide de peaux, de sensations passées. Elle a connu le manque. Le creux après les pétales dans le ventre. Elle a navigué dedans, s'y est cachée. Ce véhicule de chair l'a menée par-delà les frontières, au-delà des territoires ouverts. Sur l'eau, on lui avait dit : il. Dans leurs bouches, elle était devenue « lui ». Et ce « lui » qu'ils avaient articulé revenait, des années après. Moins loin qu'elle ne l'avait pensé. Moins circonscrit à l'eau ou à la coque d'un bateau. Il avait mis un pied sur terre, défait de ses vêtements, revenu de son lieu de silence quand elle avait vu ses épaules se voûter, ses membres forcir. Quand elle avait abdiqué, et cessé de le féminiser. De dos, elle se demande s'il ne pèse pas plus lourd, s'il ne prend pas le dessus sur toutes ces années passées à tendre le visage du féminin, ou à se lire telle dans les regards autour. Gouine, goudou. Les mots lui reviennent. Quelle importance, maintenant que sa peau est molle, que ses paupières distendues recouvrent la base de ses cils, que ses mains ont épaissi sous l'effet de l'eau retenue, que son ventre ne saigne plus, que ses seins ne sont désormais qu'une irrégularité parmi les autres ? Quand elle se juche sur sa dune face à l'eau, androgyne, boursouflée comme tous les corps de son âge, ses chevilles épaisses et rondes, lisses comme un ballon sur le point d'éclater, plantées dans le sable, cheveux d'albe coupés court et sans apprêt, la bride de sa paire de jumelles autour du cou, coincée dans un pli, quand elle transperce l'horizon, que voit-on ? Les cheveux sans coupe, le corps trapu. Qui pourrait dire ? Ça la rassure, d'une certaine manière. Comme la rassure désormais cette feuille de papier pliée en deux, dont elle affine le pli en appuyant ses ongles dessus.

Dedans, les coupures de journaux, quelques photos de la journée, le tract par lequel tout a commencé, un après-midi, qu'on lui avait distribué dans la rue, qu'elle avait lu en se demandant longuement si elle avait encore l'âge, si ça servait à quelque chose. Le document disait de se rendre devant l'ambassade et de s'asseoir jusqu'à ce qu'on vous attrape sous les aisselles, et de crier jusqu'à ce que les sifflets retentissent, et d'apporter une banderole, et de scander ce qu'il y aurait dessus. *Il paraît que nous sommes faibles. On peut retrouver la force de notre révolte. Choisir choisir choisir. Plutôt notre force que leur violence.* Les phrases écrites au feutre sur les pancartes et martelées par elles ce jour-là lui reviennent dans le silence de l'appartement. Elle était restée un peu en retrait. Retenue par une timidité nouvelle, par une frontière infranchissable et désincarnée dressée entre ces femmes encore jeunes et son corps trop âgé. Une existence entière les sépare, leurs vies n'auront jamais rien à voir. Leurs corps énervés, amassés devant l'ambassade, leurs bras qui frappent l'air, le poing serré, la vigueur dans leurs gestes, leurs voix qui portent, l'énergie qui les anime, qui les soulève, les messages brandis haut et avec colère lui renvoient sa vieillesse, le costume de fragilité que lui a cousu l'âge aux traits. Son apparence, elle en est certaine, leur interdit de la reconnaître comme l'une des leurs. Alors elle reste à côté, juste un peu en retrait. Brusquement des casques, des matraques, des lèvres qui se pincent et des joues qui se gonflent autour d'un sifflet interrompent ses pensées. Résonnent le cliquetis des menottes, les graviers sous les roues qui crissent brutalement, les freins qui hurlent. Elle n'a pas le temps de comprendre ce qu'il se passe que des hommes en noir, non, en bleu marine, des hommes d'obscurité, déferlent dans la rue discrète et la remplissent. Au milieu d'eux, noyée dans l'uniformité des forces de l'ordre, elle rejoint le groupe par défaut. Elle n'est plus une vieille dame intimidée à l'écart, elle est une femme parmi les uniformes. Et les uniformes bousculent, et les uniformes piétinent. Le cliquetis des menottes, les joues rondes autour des sifflets, les yeux injectés de sang à force de se vider les poumons dedans, les cous gorgés du plaisir de brutaliser, de menacer, d'exercer chacun son petit pouvoir sur les corps révoltés. On la pousse dans le dos, on la pousse de toutes parts. Elle aimerait déplacer sa jambe, pour ne pas perdre l'équilibre, pour ne pas tomber, pour éviter la morsure du sol, l'étendue pierreuse qui risque de l'avaler. Elle voudrait se rattraper à un mur, un bras, à n'importe quoi, mais voilà, les bras sont hostiles, les bras heurtent, malmènent, ils terrorisent. Elle va tomber, elle va se briser tout entière, elle le sait, elle s'y prépare, ses muscles se tendent à l'approche du choc, se bandent. C'est l'épaule droite qui heurte les pavés la première. Le noir. Le bruit qui s'estompe. Les sensations disparaissent, celle du sol contre sa chair, des pieds qui le frappent tout près de son crâne. Le noir. Les bruits étouffés. Une main l'attrape par la veste et une autre se glisse entre son bras ankylosé, où tout son poids repose, et le trottoir. On la hisse, on la tire un peu plus loin. On l'adosse à un muret. Le son revient, son cœur se calme. Quand elle ouvre les yeux, elle voit ses cheveux noirs et ses yeux parfaitement bleus : la femme aux bras sauveurs lui dit de ne pas se lever, qu'elle est peut-être blessée. Elle s'assied à ses côtés, sur le trottoir, et passe un long bras très fin autour d'elle. Un bras de bambou qui s'enroule. Elle lui frotte l'épaule blessée du plat de la main et dit sans la regarder : et après, c'est nous les sauvages. Elles se taisent toutes les deux, elles regardent. Elles soufflent un peu. Puis elle se relève avec ses yeux bleus et ses longs cheveux noirs et elle rejoint les autres, dans le chaos de cris et de coups. Elle disparaît. Laissant derrière elle la frontière d'âge et d'expérience qui les séparait au sol, entre les pavés. Pulvérisée par une main qui passe et repasse doucement sur son épaule.

Il paraît que nous sommes faibles. Les mots pénètrent son crâne sans que ça parvienne au ventre : ces mots-là mentent, elle se dit. Ces mots ne savent pas.

Pourtant ce matin, elle se trouve le souffle court. Une sensation acide parcourt ses membres. Les pas qu'il faut faire pour rejoindre l'arrêt de bus lui tordent les muscles. Sa mâchoire se contracte. La sueur la recouvre comme un linge, autonome, abondante. Épuisement égal de chaque strate du corps, de l'intérieur des os à la surface de la peau. Jusque sous les ongles. Comme de microscopiques bêtes juste en dessous, des cristaux, des petits clous peut-être, à l'extrémité des doigts. Des fourmis, comme on dit. Elle marche tout de même. Parvenue sur le banc, son corps se fait tissu, chiffon mouillé. Ses jambes de coton, une mousseline de fibres dedans.

Quand elle avait voulu vendre la maison, le banquier lui avait conseillé le contraire. Il avait utilisé les mêmes termes que son père quarante ans plus tôt. Il avait répété patrimoine, loyers, garantie. Il avait dit : achetez un second. Elle lui avait répondu comme à l'officier en uniforme : non. Elle avait vendu la maison de sa mère, pour sortir enfin de son ventre. Et comme pour faire sortir quelque chose du sien, elle en avait acheté une autre. Petite comme un enfant. Elle n'avait pas besoin d'un empire, elle ne ferait rien fructifier. Quatre murs, un jardin, un toit, sa petite pension d'invalide. Elle s'était installée près de l'Observatoire, dans une rue ronde nommée Circulaire. Ça lui plaisait, qu'on rende propre ce qui était commun.

Choisir l'endroit où elle passerait ce segment de vie, le dernier, lui avait demandé beaucoup de réflexion. Elle avait acheté une carte de la ville, entouré les hôpitaux, les arrêts de bus, la gare, les parcs. Elle avait tiré des traits et mesuré entre chaque point les centimètres. Sélectionné une zone faite d'équidistances, de lignes de bus, de trottoirs larges. S'occuper d'elle lui demandait tant de travail et d'efforts. Elle se demandait comment faisaient ses amies, qui s'occupaient aussi de leur mari. Se nourrir, se soigner, se divertir : une planification et des contournements sans fin pour ménager son âge et ses faiblesses. Sur la carte, elle avait converti chacun de ses besoins en points et en segments. Elle voulait habiter en hauteur, pour pouvoir descendre faire ses courses à pied. Une ligne. Et dans un quartier bien desservi, pour pouvoir remonter ses provisions en bus. Une autre ligne. Elle voulait pouvoir prendre le train sans avoir à conduire. Elle avait entouré la gare, surligné les lignes de bus qui y menaient. Elle détestait les voitures presque autant qu'elle détestait marcher à plat. Après la guerre, elle avait revendu sa Citroën au fils de son père, pour un prix proprement indécent. Une manière, elle s'était dit, de se dédommager avant l'heure pour tout ce dont il hériterait au titre de « fils aîné », lui qui était de vingt-huit ans son cadet. Ça lui avait fait mal au ventre, quand c'était arrivé. Quand son père lui avait réservé le plus beau, le plus symbolique, le plus signifiant dans la liste des biens « réservés au fils aîné de la famille ». Il n'avait pas écrit ça comme une invention personnelle. Plutôt comme une formule d'usage. Pour décrire une catégorie qui préexistait à ses deux enfants, et dans laquelle tombait, c'était ainsi, le plus petit. Elle se fichait du contenu de la liste, elle n'avait jamais été très attachée aux contingences matérielles. Mais le principe. La violence. L'injustice des vingt-huit années d'antériorité qu'on lui reniait. Une vie disparue, barrée d'un trait. C'était un garçon gentil, du reste. Elle lui trouvait de la douceur, des valeurs. Mais il incarnait quelque chose qui lui était resté coincé dans la gorge depuis qu'elle était en âge de comprendre et ressentir les injustices auxquelles son sexe la condamnait. Depuis ce marché juteux conclu avec lui, elle n'avait plus jamais conduit. Elle voyait dans l'essor des transports en commun une vraie avancée politique. Il fallait la défendre. Vivre proches les uns des autres et voyager ensemble. Elle prenait chaque jour religieusement le bus, parfois pour le seul plaisir de pouvoir regarder les automobiles d'un peu plus haut.

Elle trouvait qu'il fallait entretenir sa capacité à marcher. Elle disait souvent : on n'a pas appris à se tenir debout pour vivre assis. Alors ça aussi, elle s'y oblige quotidiennement. En ville, elle fait partie des anonymes qui mettent, sur les passages piétons, délibérément plus de temps à traverser. Juste pour faire exister leur rythme aussi, au milieu de la frénésie des moteurs. Elle se dit entre deux lignes blanches : ça leur apprend la patience. Elle imagine parfois la voiture qui arrive piler pour l'éviter, et se faire emboutir par la suivante. Aussi elle se dit que ça leur apprendrait la patience en chaîne.

Sur le passage clouté, c'est elle qui décide. Mais ce matin et depuis quelque temps, quelques semaines peut-être, elle ne fait plus semblant. Elle est lente sans faire exprès. Arrivée de l'autre côté de la route, elle se félicite d'avoir décidé de vivre à proximité d'un hôpital. Elle espère qu'elle n'est pas trop en retard, que le médecin l'attendra.

Après la guerre, et pour récompenser ceux qui avaient mené la leur du côté des ondes, la radio avait embauché les survivants de sa cellule. Les techniciens avaient obtenu des emplois de techniciens. On avait placé les invalides là où ils pouvaient encore servir. La force avait déserté son corps, mais il en restait suffisamment dans ses mains pour qu'elles puissent taper à la machine. La radio en avait fait son métier : elle était devenue rédactrice. Un petit boulot accommodant, elle disait. Elle l'était restée jusqu'à ce qu'elle ne soit plus obligée de travailler.

Les machines ne se déplaçaient plus jusqu'à elle. Chaque jour, elle prenait le bus pour les rejoindre, elles et l'antenne gigantesque plantée dans la ville comme une épingle sur un coussin. À la radio, elle avait écouté à nouveau les musiques de Java. Ce jour-là, les musiciens avaient réconcilié, le temps d'un morceau, deux époques qu'un demi-siècle séparait. Réuni deux continents. La musique supprimait les mers, les océans. Ne restaient que les cordes pincées et leur manière d'ouvrir l'air pour y faire entrer le son. L'écho des notes en forme d'onde, de bruit étrange et agréable. Qui monte et qui descend. Qui vibre fort puis doucement. Elle avait fermé les yeux pour entendre mieux. De temps en temps, c'était des gens qui venaient. Leur voix et leurs idées pour unique instrument. Parfois pour dire des choses sensées, parfois pas. Elle en faisait toujours un compte rendu à Hélène, et elle le lui postait avec le courrier de la semaine.

Depuis l'Allemagne, depuis trente ans, tout relevait du bonus. Du supplément de vie. On l'avait soignée, bien sûr. On l'avait nourrie, cuillerée après cuillerée. Pour ne pas faire éclater son estomac. Réhabituer son corps doucement. Elle avait repris du poids. Elle avait réappris la marche. On avait opéré son dos. Mais le temps qu'elle revienne mentalement de là-bas, son corps n'était plus seulement abîmé, il était vieux. Le voyage était devenu intérieur. Et les résistances, minuscules.

Elle avait assisté, un peu en retrait, à la montée d'euphorie qui suivait invariablement les guerres. Celle-ci ne faisait pas exception. Elle avait vu la consommation venir colmater les blessures. On avait étouffé les peurs sous des montagnes de nourriture industrielle. On les avait fait brûler sur des bûchers pour lesquels on pillait des pays qui avaient l'avantage de ne pas se voir, de là où irradiaient les feux de joie. On organisait des visites de cratères d'obus avec guides et mégaphones. On avait imprimé les ruines sur des cartes postales. On venait passer ses vacances sur les champs de bataille désertés. L'économie se chargeait d'entretenir la mémoire. Elle avait vu des boîtes grises infiltrer les salons dans son entourage. Des images y défilaient, qui colonisaient l'imagination. Elle préférait regarder les oiseaux raturer l'aube. Voir se soulever les poils de son chien, chaque fois que ses poumons se gonflaient dans son sommeil. Sa manière de résister à l'écoulement du temps.

Elle avale chaque jour depuis trente ans un comprimé de cortisone pour soulager son dos, et un antiarythmique pour son cœur. Chaque comprimé et sa gorgée d'eau comme un rempart contre les périls les plus évidents, ou les plus immédiats. Elle avait beaucoup parié sur les plantes. Sur la lecture. Sur les méditations de toutes sortes. Comme elle avait pu, elle avait résisté à l'empire de la chimie pour se maintenir. Mais sans en localiser précisément la source, ou la cause, elle sent bien que ça se dégrade. Si les camps lui ont appris une chose, c'est à situer son corps sur la jauge du vivant. Du viable. Elle a frôlé sa propre limite une fois et elle sent, à l'intérieur, qu'elle y revient doucement.

Dans la salle d'attente, elle a un peu chaud. Traverser le petit parc devant l'hôpital a tétanisé son cœur, qui peine à retrouver un rythme normal. Elle sent dans ses veines que le sang circule avec difficulté. Chaque mouvement désormais lui rappelle qu'elle fait partie du passé. Que son corps date d'avant, irrémédiablement. Quand la blouse du spécialiste apparaît dans l'encadrement de la porte et qu'il prononce son prénom, elle doit tirer sur les fils invisibles qui animent ses membres. Tendre la corde dure et épaisse qui remplace les muscles de ses jambes. Soutenir l'effort dans le réseau, souterrain à sa peau, de fibres rendues rigides par le temps. Le souvenir comme unique mouvement disponible désormais, intérieur, cérébral, sur les routes invisibles du temps. Elle se voit se lever, mais son corps reste assis. Comme rouillé par l'inflammation qui verrouille chaque articulation, insensible aux ordres, sourd aux intentions. C'est chaque fois pareil, quand elle s'assied un instant. Celui d'après est à la peine. Comme si les charnières de chaque membre cédaient, que la constellation éclatait en étoiles isolées. L'homme en blouse blanche s'avance vers elle et, lui saisissant le coude, termine le geste qui se refuse.

– Bonjour, vous pouvez me suivre ? il dit en ouvrant un bras vers son bureau, comme le font tous les médecins sur le seuil de leur cabinet. La manière dont les muscles tiennent son visage lui donne l'air grave. Rien chez lui ne contredit ce qu'elle pressent.

Elle s'assied de l'autre côté du bureau. Du côté de ceux qui attendent une réponse, qu'on leur tende un morceau de science. Il ouvre une chemise de papier sans la regarder. D'un rose fibreux, couleur organe. Il en tire des images transparentes et des feuilles blanches couvertes de courbes. Sans la regarder, toujours, il dit :

– Votre cœur va mal.

La petite moue pincée dont il peine à se départir semble ajouter : c'est dommage, le reste est en bon état. Son visage de mécanicien du corps exprime la contrariété du gâchis.

Elle manque de se laisser convaincre, face à lui. C'est tentant, de se ranger à l'avis du spécialiste. On a envie de le croire, d'épouser ses réactions. Il sait, après tout.

S'il prend l'air grave, c'est qu'il faut ressentir au plus profond de soi que c'est sérieux. S'il a l'air détendu, on peut se détendre à son tour.

L'année dernière, elle a eu soixante-dix ans. Hélène avait dit en apportant le gâteau et les sept bougies plantées dedans : quel cap ! Elle l'avait regardée lui tendre le gâteau, approcher son visage du sien jusqu'à ce que sa beauté la transperce à nouveau. Face à Hélène, le temps qui passe rendait les armes et reculait. Il se débinait, ou se rembobinait. Elle avait encore regardé ses yeux mélancoliques et joyeux à la fois. Les mêmes que dans le jeu de miroirs. La vie lui glissait sur les traits comme l'eau de la rivière sur les galets. À peine les lui polissait-elle, les rendait-elle plus doux. C'était la jeune femme d'à peine vingt ans qui s'adressait à elle. Simplement aujourd'hui recouverte, habillée d'âge et de plis. Elle s'était senti de la chance d'être encore capable de l'aimer. Redevable de l'avoir encore tout près. Le tissu de ce qui les lie nulle part froissé, partout impeccablement lisse. Même cinquante ans après. Comment parlait-on de ce qui dépassait l'amour ? Autour de la table, les époux des épousées n'avaient pas été conviés. Le fils de son père non plus. Elle n'avait réuni que les âmes intimes, pour poser le premier pied dans la septième décennie.

Vous êtes divine, elle avait dit, dans la fumée des bougies. Hélène continuait à la vouvoyer parfois, quand elle chuchotait. Pourtant, après avoir touché ses os, sa peau avait repoussé avec des contours mous.

Son squelette ramené d'Allemagne s'était couvert d'un animal adipeux, grandissant à mesure que les années s'accumulaient. Son visage de mystère s'en était allé. Les lignes à la commissure des yeux, celles qui reliaient le nez à la bouche, donnaient à ses traits la forme des blessures et des mesquineries subies, des réparations jamais venues et trop longtemps attendues. La vieillesse avait mis son âme à nu.

Depuis la septième décennie et les bougies soufflées, elle se dit chaque jour que c'est déjà bien, d'être arrivée si loin. Voilà un peu plus d'un an que, chaque matin, elle s'autorise à mourir.

Dans le cabinet, la blouse blanche pousse de son côté du bureau un rectangle de papier étroit avec la liste des médicaments à prendre. Pour que le cœur puisse continuer de battre.

Vivre encore, mais pourquoi ? La question achève la lettre qu'elle vient de glisser dans l'enveloppe devant elle. Elle ira la poster demain matin. Elle y ajoute la liste des médicaments. Hélène la recevra dans la semaine. Elle n'ira pas à la pharmacie. Elle passe la langue le long du liseré de colle soluble, sur le rabat. Ça a un goût de savon. Si le propre avait un goût, ce serait probablement celui-là. Elle balaie de ses yeux qui ne voient plus très loin les objets qui l'entourent. Dans chacun d'eux, elle s'était appliquée à incruster de la mémoire. Chaque forme de porcelaine, chaque statuette de terre façonnée puis cuite, émaillée puis vendue, achetée ou offerte, chaque photo encadrée conservaient en leur sein l'odeur d'une journée, la tessiture d'un rire, l'éclat particulier d'une lumière. Elle avait lu quelque part qu'on disait au Japon que d'être aimé suffisamment fort, un objet acquérait une âme. Cet appartement abritait le petit musée de sa survie. Mille âmes l'entouraient chaque jour. Ses amulettes du quotidien. Aujourd'hui, elle orchestre à qui chacune reviendra.

Les photographies autour d'elle ont quelque chose de flou, maintenant qu'elle les interroge. Petits morceaux de verre polis par l'eau de mer : on ne voit plus à travers. Les fixant, elle peine à retrouver la fraction de temps qu'elles racontent. La fine couche d'encre échoue à dire sur le papier la réalité du moment qu'elles retiennent. Un demi-ton à côté. Comme la plupart des mots que l'on assemble pour exprimer une idée. Qui sont, au mieux, imperceptiblement infidèles à la pensée. Dans la légère surimpression de l'image sur le souvenir, dans l'infime décalage qui sépare les deux, se niche une vérité non pensée, non consentie. Arrivée là comme par inadvertance. Permise par l'inattention. Observant les photographies autour d'elle, celles-là mêmes qui échouent à rejouer l'instant, elle leur trouve une teneur nouvelle, cachée. Des expressions qui échappaient à la conscience jusqu'alors, qui se refusaient à la rétine, mais que l'objectif a laissé mûrir. Elle regarde les photos et leur trouve le pouvoir, à défaut de le rendre, d'augmenter l'instant. Elle y lit des informations anciennes, révélées par le temps. Le double-fond que cachait le tiroir.

Accrochés aux murs, posés sur les meubles, collés dans les albums. Elle aime chacun des visages qui l'entourent. S'ils semblent consentir à l'immobilité, quelque chose de leurs traits se dérobe, impossible à fixer. C'est un regard distrait qui le lui révèle : chaque photographie ment. Ne comptent que les visages, dorénavant ; leur géographie dans le muscle de sa mémoire. Autant de visages choisis, triés sur le volet. L'amour, décliné dans le risque, l'absence de limite, le choix. Elle s'était autorisée à aimer. Et à choisir. Sans doute d'autant plus facilement qu'elle n'avait appartenu à personne. Le lien du sang avait commencé de s'élimer quand sa mère était morte. Désormais, il n'était plus. Voûtée sur son petit secrétaire, seule dans cette maison avec son chien et sa tortue, elle se sent n'appartenir à personne. Elle sait que cela seul lui a permis de remplir ses heures de choix et sa vie de détours. De lectures. De passions. Elle s'était offert ce temps-là, celui d'approfondir. Relire les livres qui ne portent le nom de personne, récits purs, dépouillés de géniteurs. Une bibliothèque de femmes dont une gommette cache le nom pour ne garder que l'histoire, le contenu. C'est ainsi qu'elle aime la littérature, débarrassée de ses filiations. La mythologie de chaque ouvrage sans le bruit parasite du prestige, des critiques, des avis. Lire sans s'arrimer trop au réel. Aux petites tâches basses et sans saveur. Pas laver. Pas apprêter. Pas se lamenter. Lire les histoires choisies pour ce qu'elles racontent, qui résonnent si fort avec la sienne. Les relire et se dire qu'elle n'est pas anormale. Qu'elle a eu raison. Elle léguera les histoires à la fille d'Hélène. Elle espère que ça la remuera aussi, qu'elle les lira comme elle, jusqu'à la moelle. Elle espère qu'elle aura une fille, qui les lira à son tour. Elle espère que les histoires ne se perdront pas.

– Aimez-vous les Anglais ?

La phrase lui revient en plein mois d'août, trente ans après. Il faut croire qu'on n'oublie rien. Que les voix, que les instants sont là, quelque part. Immobiles et invisibles jusqu'à ce qu'une lumière, un parfum, jusqu'à ce qu'un bout de carte ou la forme d'un objet les réveille et nous les rende. Intacts. Inchangés. Ou si peu.

Elle pose la main sur le haut de sa cuisse. Sous sa paume, le tissu de la jupe est un peu rêche. La lumière est un peu plus oblique dehors. Rasante, bientôt. Des années qu'elle n'avait plus entendu son accent allemand résonner entre les parois de son crâne. Maintenant, elle lui répondrait. Elle lui décrirait l'intensité avec laquelle elle les a aimés, les Anglais, comme il disait. Comme elle avait aimé les côtes de cette île étrange où il fait presque tout le temps froid. Comme elle s'était battue pour purger cet endroit de sa question cruelle. De sa question en dilemme. Elle avait tout repris à la guerre de ce territoire-là. Cette porte qu'elle s'était attachée à garder toujours fermée, pour le simple plaisir de pouvoir l'ouvrir encore. Comme on garde une issue de secours. Elle était allée boire le goût salé des eaux du nord, pour les laver du relent métallique des balles et de la boue des camps. Elle avait regardé le vent coucher ses herbes sans s'épuiser, jamais. L'obstination mélancolique des vagues à s'étendre sur le sable. À se briser sur les rochers.

Elle s'était présentée au rivage les pieds nus, un après-midi d'hiver. À l'endroit où le sable est déjà froid, mais encore sec. Le ciel sur cette rive et ce jour-là n'était pas différent de celui de ses vingt ans, dans son habit de marin. Il était gris, noyé dans l'eau avant qu'elle n'y entre. Le ciel lui montrait la voie. Arrivée à l'endroit où les vagues expirent, là où elles écument sur le sable, quand elles poussent leur dernier souffle baveux avant de disparaître, elle avait senti ses côtes s'écarter. Mouillé, le sol perdait quelques degrés. Une réponse du corps au courant froid. Elle était entrée dans l'eau comme dans un bain de lames. Le froid avait mordu ses mollets de ses petites dents pointues. Elle avait senti ses organes se recroqueviller contre ses vertèbres. Baiser brûlant et glacé de l'eau, en plein hiver. Lentement, elle s'était immergée dans l'Angleterre. L'eau de sa mer comme un liquide amniotique. La caresse fluide des vagues avait tétanisé ses membres. Elle avait nagé, ordonné à ses bras, à ses jambes de battre le courant. La morsure du sel dans la bouche, dans chaque infime lacération au creux des joues. Dans les gencives. La pointe du gel qui remonte dans le dos. Et puis plus rien. Rien que le souffle chaud que les frissons créent à la périphérie du corps. Dans cette eau qui fait moins de dix degrés, elle ne sent plus rien. Plus le froid, plus le sel. Plus le courant. Elle nage comme si elle volait. C'est le miracle du froid. Elle l'avait oublié.

Pourtant, elle le connaît. Le froid du tout début. Des premières heures après le ventre. Le premier contact de l'air contre la peau encore humide des entrailles de la mère. La première fois que les poumons se gonflent. Elle pourrait mourir à cet instant, dans le roulis de l'eau glacée. Mais c'est la vie qui reflue. Les ciels de l'enfance, chaque jour trop grands. L'afflux du sang dans ses paupières closes, tendues sur chaque œil face au soleil, parcourues d'un réseau de veines minuscules. Les motifs à déchiffrer dans l'opacité teintée de rouge qui traverse la fine membrane. Le bras tendu à un enfant inconnu, qui laisse flotter ses ongles à la surface de sa peau blanche et translucide, près du coude. L'enfant répète son mouvement à l'aide d'une aiguille de pin saisie au sol. Il dessine des zigzags avec la pointe. Elle devine les traces blanches qu'elle laisse sur son épiderme. Puis de sa paume, l'enfant fait rouler de petits cailloux au même endroit. Du creux du coude vers le poignet. La peau sensible rougit. Chaleur sur l'itinéraire qu'empruntent les pierres. Picotements. Vient la douleur franche, quand les écailles tombent, semblables aux résidus de gomme sur le papier. Et puis la plume. Toujours du creux du coude vers le poignet. La douceur au bord de la brûlure que produit son frôlement. Il faut lutter pour garder les yeux fermés. C'est le jeu. La plume va et vient, de bas en haut, puis du haut vers le bas. Toujours plus légère sur l'épiderme rougi. Alors seulement, le glaçon. L'enfant incline son bras et laisse perler le froid tout le long. Le glaçon qui signifiait qu'elle avait passé chaque épreuve vaillamment, qu'elle pouvait plonger dans l'eau. S'y jeter en courant.

Les yeux ouverts, tout devenait bleu et flou dessous. Le froid lui faisait un habit de frissons. Elle sentait ses contours se rétracter avant de sortir et de tenir, le plus longtemps possible, au vent qui décuplait le grelottement. Sous chaque goutte d'eau, elle regardait la chair de poule monter et ériger ses chapiteaux minuscules.

Dans l'eau anglaise, elle frissonne à nouveau. Elle arrache cette île et son eau à la guerre. Elle suit la pente ascendante du sable, son corps reprend progressivement son poids. La plage est déserte. Avec sa serviette-éponge elle se frictionne le dos, les jambes. Elle est étonnée d'avoir si chaud, malgré le vent qui souffle ses maigres degrés avec force et le soleil absent. La sensation du tissu sur sa peau lui revient. Dans son appartement, elle a presque froid tout à coup, ça dure moins d'une seconde. Le temps d'enrayer l'été qui l'entoure et de recréer un morceau de plage dans son salon. Son corps d'alors lui revient. Abîmé mais valide.

Elle n'est pas heureuse de se sentir décliner. Mais elle éprouve une forme de soulagement à se dire que ça ira vite. Que glisser dans la mort se fera certainement de manière abrupte et avant qu'elle ne perde tout à fait ses moyens. Comme on entre dans l'eau froide. Elle est soulagée de rester maîtresse de son quotidien. De ne pas être la grabataire souffreteuse et dépendante qu'elle avait toujours redouté devenir. Il y a du bonheur à se remémorer ce que l'on a été. Et elle en découvre à faire l'inventaire, aussi, de ce qu'elle ne sera pas.

La nuit dernière, elle a rêvé d'un enfant tout petit. Un nourrisson. Quelques jours tout au plus. Elle a rêvé que cet enfant tombait. Qu'une femme, peut-être sa mère, le secouait dans le vide. De très, très haut. Elle voyait la scène d'en bas, depuis le sol. La peur se substituait au sang dans ses veines, à la vue du petit corps pendu dans les airs. La femme, sa mère peut-être, finissait par ouvrir les mains, et le nourrisson tombait. Sa peau était successivement blanche, brune, noire. La peau de la femme sur le balcon, sa mère peut-être, ne changeait pas. L'enfant s'écrasait plusieurs mètres plus bas, presque sur ses pieds. Il passait à travers une plaque. Était-ce du verre ?

Elle se penche sans oser regarder. Se réveille d'effroi avant d'avoir pu voir.

Sur le papier à en-tête, ni madame, ni mademoiselle. Juste son nom et son prénom. Les mêmes depuis toujours. Depuis qu'elle est née. Pour éviter tout suspense à ce sujet, elle le précise d'emblée : le fils de son père n'obtiendra rien. Il n'y aura ni famille, ni homme parmi ses héritiers. Sur le papier à en-tête, elle détourne le cours naturel du ruissellement de la propriété. Sous sa plume, la rivière devient matrilinéaire. Elle ajoute, pour que cela lui soit moins violent, pour qu'il comprenne peut-être un peu mieux, ce frère qui ne fut jamais en colère de rien, resté à la périphérie des faits et des choses de son existence, qu'ayant été avantagé en toutes circonstances, ses quelques possessions iront à ses amies. Et à des associations. Elle sait bien que le privilège reste invisible à qui voit le jour dedans. Mais elle ressent le besoin de le préciser. D'enfin le dire. De l'écrire, et sur un document qui sera signé par le notaire : il a été avantagé. Il a même été *suffisamment* avantagé. Elle ne rédige pas ce testament pour se venger. Mais pour corriger, à sa moindre mesure, une injustice vieille comme le monde. Donner, enfin, à celles qui ne reçoivent jamais rien. C'est Hélène qui héritera de la majeure partie de ce qu'elle possède, au motif qu'elle a été sa mère, sa sœur, son épouse et sa fille tout à la fois. Elle héritera pour toute la famille qu'elle a été. Le temps avait donné raison à son désir. Les années attestaient, avaient matérialisé les liens qu'elles avaient créés ensemble, sans l'assentiment de personne. Elle sourit en l'écrivant. C'est la première ligne de son testament.

Derrière chaque tiret, pour désigner l'héritière des biens à léguer, elle écrit *madame* suivi du nom et du prénom du mari. Sans cela, on pourrait considérer que ce n'est pas valable au regard de la loi, avait précisé le notaire. Madame, le prénom du mari, suivi de son nom. En l'écrivant, en se pliant à l'usage notarial, la colère monte. Elle pense à la révolution de mai, quelques années plus tôt. Aux pavés jetés dans les flaques. Aux manqués, aux oubliées. Aux lois qu'on n'a pas jugé utile de modifier. Aux fibres de l'injustice partout dans leur tissu. À l'arbitraire. Dix-neuf cent soixante-quinze, trente ans depuis la guerre. Et les mains des hommes qui continuent à hériter de tout. Même de ce qui ne leur revient pas.

Son regard passe d'un meuble à l'autre, d'un mur au suivant. Il s'arrête sur deux portraits. Les visages cerclés de verre ont l'air austère des générations d'avant-guerre. Sourire n'était pas de mise. La mère de sa mère. La mère de la mère de sa mère. Deux visages qui n'ont jamais été que des images, qu'elle n'a pas connus ; et le visage qui a enfanté le sien. Sa mère avait été fille unique, et elle était l'unique fille de sa mère. Elle possédait quatre très belles photos d'elle, agrandies et encadrées. Cette branche-là de sa famille s'éteindra avec elle. Pour les faire vivre encore un peu, elle les greffe à la lignée de ses héritières. Sa famille ira se mêler aux leurs, qui furent de toute façon aussi la sienne. Les liens du temps doivent primer sur ceux du sang. Ce sera plus fidèle ainsi. Sa mère ira chez Hélène. Ainsi elles seront sœurs.

Les murs, les meubles restants, les instruments de musique et les tableaux doivent être vendus. Avec le fruit, il faudra régler les frais, les funérailles, et donner le reste aux associations qui défendent celles qui subissent. *Que quelqu'un s'occupe de ma tortue*, elle écrit. Son stylo tremble un peu. Elle n'avait un jardin que pour elle. Petit vestige de préhistoire avec lequel elle partageait sa fin de vie. Ces derniers mois, elle s'assied sur l'étroite terrasse de pierre qui borde l'appartement et la regarde avancer de son rythme égal et millénaire. Tantôt vers le point d'eau, tantôt vers le grillage tordu qui délimite l'espace extérieur. Sa démarche à la fois hésitante et décidée lui rappelle la sienne. Le motif de ses écailles, dans ses yeux usés, dans ses pupilles presque opaques, prend la couleur des flaques après la pluie, quand le soleil perce. *Et que quelqu'un recueille et aime mon chien.* Elle souligne la dernière phrase et n'assigne ces tâches à personne en particulier. Elle préfère qu'on choisisse. On s'acquitte mal, quand on est contraint. Son chien s'appelle Han Jin, ça veut dire *chien* en javanais.

Elle pourrait mettre le point final à cet endroit. Après tout, c'est le plus important. Mais d'abord, elle veut revenir à ce frère qui n'héritera de rien. Ce petit frère aux cheveux gris désormais, et aux allures d'adulte. Un homme qui n'est plus un enfant, malgré leurs trente années d'écart. Un homme de quarante-trois ans. À peu près son âge quand elle est sortie des camps. Il a grandi dans le discours des gagnants, facile après tout. Le discours d'après la victoire, qui pouvait se permettre de magnifier la guerre. Enfant, il avait joué avec des armes cassées. Avec des cartouches de balles vides. Puis il avait collectionné, adolescent, les vestiges de cette guerre que racontaient les généraux qu'on invitait à la radio. Il n'y avait eu personne pour lui dire que c'était un mensonge. Qu'aucun d'entre eux n'avait gagné. Que c'était une défaite de tous. De tout. Que vouloir vaincre contre, c'était déjà perdre avec. Elle ajoute à l'intention de ce frère éternellement petit, et pour toujours à demi, qu'elle ne lui retire pas son affection. *Qu'il ne m'en veuille pas*, elle écrit, sur le même mode impératif que celui qu'elle a utilisé pour ses bêtes. Elle se justifie. Elle mentionne leurs rapports *espacés*. Absent de ses héritiers, il est partout dans son testament. Ça remplace les lettres qu'ils ne se sont jamais écrites, jamais envoyées.

Je voudrais être incinérée. La plume de son stylo quitte le papier. Y laisse une goutte d'encre turquoise qui met quelques secondes à sécher. Puis la plume revient aux fibres de la feuille. Elle ajoute, d'une traite : *Sauf si Hélène assiste à mes funérailles. Alors, qu'on ne m'incinère pas et qu'on m'enterre. Je dois avoir droit à la pelouse d'honneur au cimetière. Ainsi, une tombe ne sera pas une charge. Si pour un motif quelconque Hélène ne peut être présente, que l'on m'incinère et que mes cendres soient jetées à la mer.* La mer. Une mer froide, mais laquelle ? Elle imagine Hélène dans un train, dans un avion, son petit tas de cendres sous le bras ou au fond d'une valise, entre deux vêtements. Elle renonce aux grandes distances. La simplicité sera de mise. Elle ajoute : *Hélas, la Bretagne est trop lointaine. La mer du Nord fera l'affaire.*

éditions inculte, 2021
62, rue du Faubourg-Saint-Antoine
75012 Paris

ISBN : 978-23-60841-18-9

Cet ouvrage
a été achevé d'imprimer en France
sur Roto-Page
par l'Imprimerie Floch
à Mayenne en mai 2021 (98463)

Correction et composition : Aurélie Carpentier

Couverture : Rémi Pépin

Distribution : UD
Diffusion : Actes Sud